きみが、この本、読んだなら

とまどう放課後編

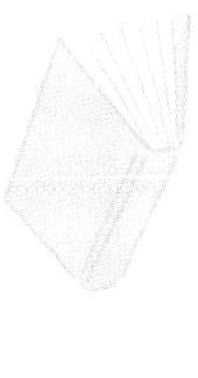

森川成美
高田由紀子
松本聰美
工藤純子

さ・え・ら書房

きみが、この本《ほん》、読《よ》んだなら

とまどう放課後《ほうかご》編《へん》

目次

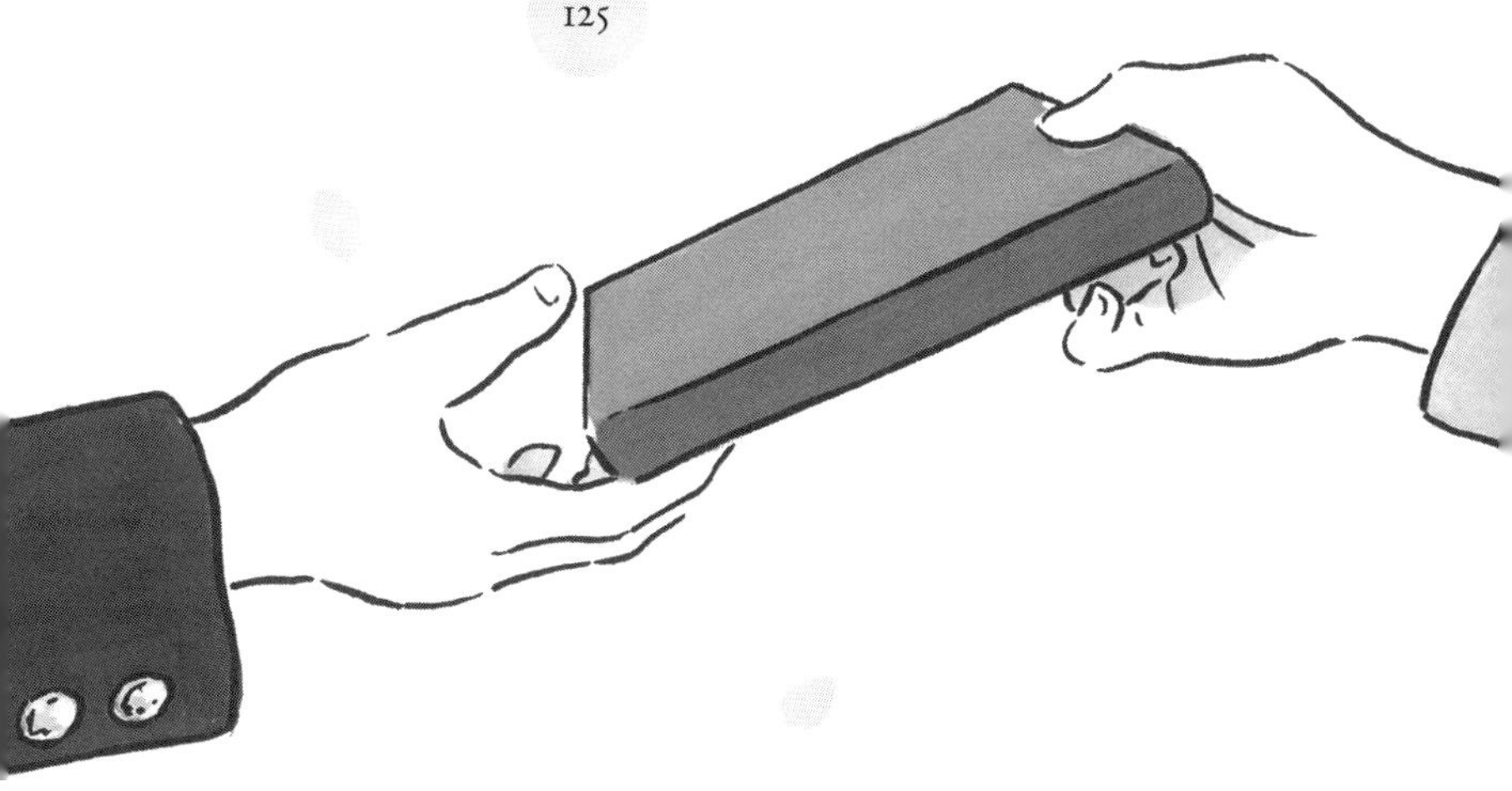

絵　吉田尚令

装幀　大岡喜直（next door design）

赤《あか》いコードロン・シムーン

森《もり》川《かわ》成《しげ》美《み》

一　女子のとなり

六年生になってクラス替《が》えをしたので、新学期早々に席決めがあった。うちの学年は、机《つくえ》を二人一組でくっつける方式だ。しかも、なるべく男女が並《なら》ぶように、ということになっている。

基本的《きほんてき》には背《せ》の順で席が決まる。ぼくはクラスの男子のうちで一番背《せ》が高い。だから、去年はそれで運よく一人席になった。つまり、人数が奇数《きすう》で男子が多かったわけだが……。

実は、ぼくは、女子が苦手だ。

一人っ子で、いとこも全員男子ということもあるかもしれないが、だいたい女子が話していることのほとんどが、暗号みたいでよくわからない。

だが、今年は男女同数になってしまい、どうしても女子と並《なら》ばなきゃならなくなった。となりに来たのは、緑川《みどりかわ》すみれという子だった。初めていっしょのクラスになった、学年で一番背《せ》の高い女子だ。背《せ》の順ならこうなるのはまあ、必然《ひつぜん》だった。

「大空翔《おおぞらかける》くんね。どうぞよろしく」

すみれは、にこっと笑いかけてきたけど、ぼくは返事をせずに下を向いた。いじわるで返事をしなかったわけじゃない。女子にどういう顔で、どんな声で、なにを話したらいいかわからなくて、あれこれ考えているうちに、つい、そうなっちゃったんだ。

いやなやつだと思われただろうな。

でも女子にどう思われようと、ぼくは平気だ。な、はずだ。むしろこれから、すみれと口をきかなくてよくなったんじゃないのか。

思ったとおり、それから、すみれは話しかけてこなくなった。ラッキーだ。

だが、五月の連休明けの休み時間のこと、ぼくはふと、すみれの机《つくえ》の上を見て、大声をあげてしまった。

「コードロン・シムーンだ！」

すみれは、びっくりしたように、ぼくを見あげた。

「知ってるの？」

「もちろんだよ」

コードロン・シムーンは、一九三〇年代にフランスのコードロン社が製造《せいぞう》した飛行機のシリーズの名前だ。旅客機《りょかくき》、郵便機《ゆうびんき》として使われたが、第二次世界大戦では、フランス軍の連絡機《れんらくき》としても使用されていた。シムーンというのは、砂漠《さばく》に吹《ふ》く砂《すな》嵐《あらし》の意味だ。

すみれの机《つくえ》の上にあったのは、そのコードロン・シムーンの模型《もけい》の写真がのった下じきだったのだ。すみれは写真を指さして言った。

「大空《おおぞら》くんがこの飛行機、知ってるなんて、うれしい。すごくかわいいよね」

かわいい？

今度はぼくがびっくりする番だった。

ぼくは飛行機マニアだ。特に第一次世界大戦の初めごろから、第二次世界大戦が終了《しゅうりょう》したあたりまで、つまり一九一四年から一九四五年ぐらいまでのものに興味《きょうみ》がある。

だけど、そんな話を学校でしても、みんなついてこれなくて、目を白黒させるだけだ。だから男子の友だちにだって、あまり話したことはない。まして女子には。

でも、すみれは、かわいいと言ったのだ。かわいい、という表現《ひょうげん》にはちょっと疑《ぎ》問《もん》がないではなかったが、すてきだという意味とすれば、理解《りかい》できる。

それにコードロン・シムーンを知っているなんて、それだけでも、女子にしては、やるじゃないか。ぼくはすみれをちょっと見なおした。

すみれは、にこっと笑って、下じきをぼくの机《つくえ》にのせた。

「連休に行ったミュージアムでね、撮《と》った写真なの。気に入ったから、おとうさんのパウチの機械を借りて、自分で作ったんだ。王子さまの写真もあるんだよ。ほら、見て」

よく見れば、パウチしてあったのは、コードロン・シムーンだけではなかった。なにやら、丸い頭の男の子のカラフルな像《ぞう》や、西洋のお城《しろ》のような建物の写真などが、いっしょにはさまれていた。

「なんといっても、赤い飛行機っていうのが、すてきよね」

すみれは言いそえる。

たしかにそのコードロン・シムーンは赤だった。だけどすべてのコードロン・シムーンが赤というわけじゃない。説明しようと思ったが、次の授業《じゅぎょう》が始まりそうだったので、ぼくは急いで言った。

「模型《もけい》、持ってるよ。見る？　今日の放課後、うちに来ない？」

「ほんと？」

すみれは、はずんだ声をあげた。

「行く！」

二　女子が遊びにきた

「えーっ、ほんと？」

家に帰って、すみれが来ると言うと、おかあさんがいつもより二オクターブぐらい高い声を出した。

「どうしよう、おそうじしてない」

え、そこか？

「いつもだって、そうじしてないじゃん。友だち来るとき」

ぼくが言うと、おかあさんは、ぶんぶんと首を振《ふ》った。

「だっていつもは、男子じゃないの」

「女子だとちがうの？」

「そりゃ、ちがうわよ。あんまり散《ち》らかしてたら、はずかしいじゃない」

そうか？　と思う。おかあさんは、いつも、男も女も同じだ、だから、男子だからって洗濯物《せんたくもの》をたたまなくていいというわけじゃない、と言って、ぼくに家のてつだいをさせるくせに。

なんだかわからないけれど、おかあさんは、近所でおいしいと評判《ひょうばん》のケーキ屋さんのショートケーキまで、急いで買いにいって、準備《じゅんび》していた。

そのうちインターホンが鳴った。すみれだ。

「いらっしゃ〜〜い！」

おかあさんの声は、また二オクターブ高い。

「おじゃまします。これ、母が」

すみれは、クッキーの袋《ふくろ》かなにかをわたしている。

「あら〜〜ありがとう。じゃあ、あとでおやつに出すわね」

おかあさんはうれしそうだ。女子が来るのは、そんなにたいしたことなんだろうか。

ぼくはなんとなく、その雰囲気《ふんいき》がいやで、すみれをすぐに自分の部屋に引っぱっていった。

ぼくの部屋には、おとうさんのおさがりの本棚《ほんだな》がある。古いが、ちゃんとガラス扉《とびら》のついた立派《りっぱ》なものだ。ぼくはその中に、本を入れずにプラモデルを飾《かざ》っている。みんな自分で組み立てて、色を塗《ぬ》ったものだ。

「これだよ」

鼻先に一つプロペラのあるコードロン・シムーンのプラモデルを、ガラスの外から指さすと、すみれはけげんな顔をした。

「でもこれは青だよ。赤じゃないの？」

「機体の色は、赤のほかにも、黄色と白と青があったんだ。でも塗装《とそう》がちがうだけで、同じモデルなんだ」

ぼくは、扉《とびら》をあけて、コードロン・シムーンを取りだすと、すみれにわたした。今まで、こんなことを友だちにしたことはなかった。うちに遊びにきて、さわらせてと言った男子はたくさんいたけれど、いつもだめだめ、と断《ことわ》っていた。こわされたらいやだからだ。でも、なぜか、すみれには見せたかった。

「これは、七十二分の一模型《もけい》なんだ」

「七十二……？」

すみれは、首をかしげながら、小さなプラモデルを受けとった。

「そう、実際《じっさい》の大きさは、長さ九・一メートルで、幅《はば》が十・四メートル。これはそれを七十二分の一に縮小《しゅくしょう》したもの」

「へえ、適当《てきとう》な大きさに、作ったんじゃないんだ」

うん、とぼくはうなずいた。

「中のようすも、可能《かのう》なかぎり現物《げんぶつ》に近づけてあるんだ。前の席が二つ、乗員が二名ってことで、これは操縦士《そうじゅうし》とナビゲーターが座《すわ》る。うしろの席も二つ、つまり乗客は二名まで。さらにうしろの部分は貨物室で、郵便機《ゆうびんき》として使われるときは、エアメールがのせられた」

「エアメールって?」

「手紙だよ。コードロン・シムーンの最初の飛行は一九三四年。そのころは、すでに電話はあったけれど、手紙でなければ連絡《れんらく》できない場所も多かったんだ。だから、急ぎの用事は手紙にして飛行機で届《とど》けた。それでも、当時ふつうだった船便よりずっと早い。この青い塗装《とそう》はね、エアメールを運ぶ『エール・ブルー』という会社のシンボルカラーみたいなものなんだ。ブルーっていうのは、フランス語でも青っていう意味だから、機体も青」

「ふうん、大空《おおぞら》くんって、授業中《じゅぎょうちゅう》ぼうっとしてるのに、学校で習わないようなこと、いろいろ知ってるんだね」

すみれは感心したように言う。ほめられたのか、けなされたのかわからないが、まあほめているんだろう。なんだか、もうちょっとびっくりしてもらいたくなって、ぼくはつけくわえた。

「そんなわけで、なるべく遠くまで早く届《とど》けたほうがいいから、一息に、できれば補給《ほきゅう》せずに、どこまで飛べるか、というのが、そのころはとってもだいじなことだったんだ。実は、コードロン・シムーンは日本にも二回来てるんだ」

「へえ、日本にも？」

「そう、パリー東京間を百時間以内で飛ぶ、という賞金つきの競争が行われて、一回目は、一九三六年にアンドレ・ジャピーって人が、パリから飛びたって、香港《ほんこん》まで来た。そこで補給《ほきゅう》してから、東京に着くことをめざしてたけれど、とちゅう、佐賀県《さがけん》の脊振山《せふりさん》に衝突《しょうとつ》して、大破《たいは》した」

「え？　墜落《ついらく》したの？」

「そうなんだ。でも命は助かった。その次の年に、マルセル・ドレーという人が、上海《しゃんはい》で補給《ほきゅう》したあと、東京まで行こうとして、今度は、高知県の砂浜《すなはま》に不時着《ふじちゃく》した」

「わ、不時着《ふじちゃく》。『星の王子さま』の人と同じ！　赤いコードロン・シムーンの人だよ。

パイロットで、砂漠《さばく》に不時着《ふじちゃく》したんだ。あの本は、そのときのことを書いたお話なんだよ。ミュージアムで、その人が飛行機に乗っている写真を見たんだ」

すみれは、そう言ってから、ちょっと興奮気味《こうふんぎみ》に主張《しゅちょう》した。

「ねえ大空《おおぞら》くん、『星の王子さま』読んだらいいよ。絶対《ぜったい》、気にいるよ。明日、学校に持っていって貸《か》してあげる」

三　けんか

次の日すみれは、半袖《はんそで》のパジャマみたいな服を着た男の子が表紙に描《えが》かれた本を、持ってきた。髪《かみ》の毛のつんつん立った丸顔の子だ。

ありがとう、といって受けとった。自分で選ぶなら、こんな、お星さまがたくさんちりばめられたような、甘《あま》ったるい絵の表紙は絶対《ぜったい》に手にとらない。ましてや「王子さま」の本なんて、幼稚園生《ようちえんせい》じゃあるまいしって思ったと思う。

でも、コードロン・シムーンにひかれて、ぼくは家に帰るとすぐに、読みはじめた。

最初は、不時着《ふじちゃく》したのが王子さまかと思っていた。でもちがった。

「ぼく」という語り手だ。飛行機のモーターが故障《こしょう》して、サハラ砂漠《さばく》に降《お》りたのだ。機関士も乗客もいないので、一人きりで故障《こしょう》を直そうと、いろいろやっているところに、ふらりとやってきたのが、王子さまだった。

王子さまは、家ぐらいの大きさの星から来たのだった。

そして「ぼく」に、自分の星のことや、今まで行ったことのあるいろいろな星のことをしゃべる。王さまの住んでいる星とか、うぬぼれ男が住んでいる星とか、呑《の》み助《すけ》が住んでいる星とか。

そのあと王子さまは、地球に来たのだった。地球はすごく大きかった。王子さまは、ヘビやキツネに会い、そのうち、自分の星に残してきた一本のバラの花のことを、思いだすのだ。

「ぼく」は、飛行機を修理《しゅうり》しながら、そんな王子さまの話をずっと聞いているが、結局こわれたモーターは直らない。とうとう、水もつきた八日目に、泉《いずみ》を探《さが》しに歩きだすことにした。王子さまは、いっしょについてくるが、眠《ねむ》ってしまったので「ぼく」はかかえて歩く。そしてついに泉《いずみ》をみつけて、水を王子さまに飲ませ、自分も飲む。

「ぼく」は、泉《いずみ》のところに王子さまを残して、飛行機にもどる。

次の日、やっとモーターのいけないところが見つかって、なんとかなりそうなことを知らせに、王子さまのところに行くと、王子さまは、ヘビと毒について話していた。そして、王子さまの星が、去年、王子さまがおりてきたところのちょうど真上にくるときに、その場所で、ヘビと待ちあわせをする約束をしていたのだ。

どういう意味かと不思議に思う「ぼく」に、王子さまは、星に残してきたバラの花にしてやらなければならないことがあるから、星に帰るという。そして、王子さまはその晩《ばん》、ヘビに足首をかまれ、すがたを消すのだった。

読みおわって、ぼくは、え？　と思った。

飛行機はどうなった？

パイロットの「ぼく」は、ぶじ救出されたんだろうか？

佐賀県《さがけん》で墜落《ついらく》したアンドレ・ジャピーは、地元の消防団《しょうぼうだん》による捜索《そうさく》で発見されて、病院に運ばれて助かった。飛行機は分解《ぶんかい》して山から降《お》ろされて、近くの税関《ぜいかん》に運ばれた。飛んできた飛行機は、輸入貨物《ゆにゅうかもつ》と同じあつかいになるからだ。マルセル・ドレーも、同じように、地元の人に救助された。

この人は？

助かったの？　だとしたらどうやって助かった？

ふつう、本を読みおわると、なにかがわかった、という気持ちになるものだが、ぼくの頭の中は、疑問《ぎもん》だらけだった。

次の日、本をすみれに返すつもりだったが、朝、ねぼうして、あわてて時間割《じかんわり》をそろえてから玄関《げんかん》を走りでたせいで、学校に持ってくるのを忘《わす》れてしまった。

「大空《おおぞら》くん、『星の王子さま』読んだ？」

席についたとたん、すみれに聞かれた。

「あ、ごめん、忘《わす》れちゃって。明日返す」

「うん、いつでもいいけど……読んだ？」

すみれは疑《うたが》わしそうに、ぼくを見た。読んでないのに返すんじゃないでしょうね、とでもいいたげな顔だ。

「読んだ……」

ちょっと、すみれの顔が明るくなった。感想を待《ま》ってるんだ。なんて言おうかなと思う。

「読んだけど……飛行機、出てこなかったね」

「あ、でも……さし絵になかったっけ」

「なかった」

ぼくは即座《そくざ》に答えた。これには自信がある。ぼくはコードロン・シムーンのどの型式だったのかを知りたくて、飛行機のさし絵を探《さが》しながら読んだ。だけど絵は見つからなかった。そのうえ、

――ぼく、飛行機の絵なんか、ごめんです。あんまりこみいってて、とてもぼくの手におえません

なんてあったのだから、まちがいない。

「ねえ、これを書いた人が乗ってたのは、ほんとに、コードロン・シムーンだったの？　だったら、型式は何番だったの？　C・500とか、C・635Mとか、いろいろあるんだけど」

ぼくが聞くと、すみれはちょっとむっとしたようだ。

「それがだいじなことなの？　そんなこと知りたいのは、つまらない大人だって書いてなかった？」

「飛行機の型式を知りたいことが、つまらない大人なの？」

ぼくはわからなくなって、聞いた。たしかに、子どもはこうだ、大人はこうだ、といっぱい書いてあったが、そんなこと書いてあったかな？　と思いながら。

「惑星《わくせい》の番号を知りたがるのは大人で、番号を知ったからってその星のことを知ったことにはならないって、あったでしょ。わたしあそこ好きなんだけど。大空《おおぞら》くん、ちゃんと読んだの？」

すみれは、けんかするみたいな口調で言うと、ぷんとあっちを向いた。

それから、もう一度ぼくの方を向いて、

「明日、忘《わす》れずに返してね」

と、宣言《せんげん》したのだった。

四　赤いバラ

なんで怒《おこ》っちゃったんだろうな。女子の気持ちはよくわからない。

型式のちがいは、つまり設計《せっけい》のちがいだ。塗装《とそう》の色なんかとは比《くら》べものにならないぐらいだいじなことだ。たとえてみれば、塗装《とそう》は洋服で、型式は本人の性格《せいかく》。服を着がえても性格《せいかく》は変わらないでしょ、って感じなのに。

でも、すみれは「赤い飛行機」なんてざっくりした言い方でも満足できるやつなんだから、型式なんてたいしたことに思えないのかもしれない。けれど、なにも怒《おこ》ることはないだろう、と思う。

明日は絶対《ぜったい》、学校に持っていかないと、また怒《おこ》られるぞ、とぼくは家に帰ってすぐ、本を通学用のリュックに入れた。

入れるときに、表紙を見て、ふと思った。

作者の名前は、サン＝テグジュペリだ。

この人が実在《じつざい》する昔のパイロットなら、どんな飛行機に乗っていたのか、わかるんじゃないのか？

ぼくは、いつも飛行機のことを調べるときのように、おとうさんのパソコンで検《けん》索《さく》をしてみた。

そうしたら、びっくりするようなことが、ずらずらと出てきた。

サン＝テグジュペリは、もともと空軍のパイロットだった。でも、飛行機の墜落《ついらく》事故《じこ》で、頭蓋骨《ずがいこつ》を骨折《こっせつ》する重傷《じゅうしょう》を負った。ちなみにこのときの飛行機はアンリオＨＤ・14だ。これは翼《つばさ》が二重になっている複葉機《ふくようき》という古いタイプのプロペラ機で、日本でも生産されていた。ちなみに、そのときの日本名は己式一型練習機《きしきいちがたれんしゅうき》といった。

それにしても、墜落《ついらく》で頭蓋骨骨折《ずがいこつこっせつ》なんて、おそろしい。サン＝テグジュペリもそ

う思ったのか、空軍をやめてほかの仕事につくが、やっぱりパイロットがいいと、今度はラテコエールという航空郵便《こうくうゆうびん》の運行会社に就職《しゅうしょく》する。つまり、エアメールを運ぶ会社だ。そして、フランスと南アフリカを往復《おうふく》する路線をまかされる。このときの飛行機はブレゲー14。これも複葉《ふくよう》のプロペラ機だ。

そのうち小説を書いて作家になり、コードロン・シムーンC・630を買う。自家用機を買っちゃったんだ。プラモデルじゃない、本物の飛行機だ。しかも二機。C・630は、全部で二十機しか製造《せいぞう》されていないのに、そのうち二つも持《も》ってたなんて。すごい。うらやましい。

でも、さすがにお金がなくなってしまい、賞金ねらいでフランス－ベトナム間の最短時間での飛行記録に挑戦《ちょうせん》したが、リビア砂漠《さばく》に不時着《ふじちゃく》。五日後に地元の人に救出される。

そうか、これだ。サン＝テグジュペリは、このときの自分のことを書いたんだ。

つまり「ぼく」は助かった。

なんだかほっとして、うれしくなる。

でもそのあと、サン＝テグジュペリは軍隊に復帰《ふっき》する。自分の国、フランスがドイツに占領《せんりょう》されたからだ。戦ってとりもどしたいと、偵察機《ていさつき》のパイロットになる。

この飛行機は、ロッキードP－38ライトニングという、アメリカ軍の戦闘爆撃機《せんとうばくげきき》だった。ぼくはそのプラモデルも持っている。双発《そうはつ》、つまりプロペラが二つあるやつで、できたばかりのときは、高度が出なかったので、そのころアメリカと戦っていた日本軍の戦闘機乗《せんとうきの》りは、ぺろっと撃《う》ちおとせるから「ぺろはち」と呼《よ》んでいたそうだ。でもあとで改良されて、ドイツ軍からは「双胴《そうどう》の悪魔《あくま》」と呼《よ》ばれていた。

ただし、サン＝テグジュペリが乗ったのは、爆弾《ばくだん》をのせる設計《せっけい》のやつではなく、撮影機材《さつえいきざい》を搭載《とうさい》したF－5Bという機種だ。なぜなら、偵察機《ていさつき》というのは、敵《てき》のようすを探《さぐ》って、写真を撮《と》ってくるためのものだからだ。

サン＝テグジュペリは、この飛行機で地中海のコルシカ島を発ったあと、行方不明になったのだ。どこかに機体が沈《しず》んでいるだろうと思われていたが、どこだかわからなかったという。

五十年ほどたって、マルセイユというフランス南部の港町の近くで、ある漁師《りょうし》が、魚をとるための網《あみ》に、銀製《ぎんせい》のブレスレットが引っかかっているのに気がついた。

調べてみたら、そのブレスレットには刻印《こくいん》がおしてあり、なんと、サン＝テグジュペリのものだとわかった。そして、さらにくわしい海底調査《かいていちょうさ》の結果、そこにF−5Bが沈《しず》んでいることが確認《かくにん》されたのだった。

そこまで読んで、思わずふうっと、ため息が出た。

そうか、つまり「ぼく」は、砂漠《さばく》では助かったけれど、戦争で死んじゃったってことか……。なんとも言えない気持ちになった。


ぼくは、いったんリュックにしまった『星の王子さま』をとりだして、もう一度読みはじめた。

サン＝テグジュペリは戦争で死んだとはいえ、このときは砂漠《さばく》で助かっていたと思うと、前よりはちょっと安心して読める。

そのせいか、一度目に読んだときには、読みとばしていたいろいろなことが、目に入ってくるようになった。

サン＝テグジュペリは、遭難《そうなん》してからほとんど水なしで歩きまわり、五日で地元の人に助けられたのだが、『星の王子さま』では、語り手の「ぼく」は、一週間分の水を持っていて、八日目に歩きだし、井戸《いど》を発見したことになっていた。あと、サン＝テグジュペリが遭難《そうなん》したときには、本当はナビゲーターと二人だったのだが、『星の王子さま』では、「ぼく」は一人でいて、そこに王子さまが来たことになっていた。

いずれも実際《じっさい》とはちょっとちがう。ってことはつまり、王子さまは空想のもので、実在《じつざい》の人物をモデルにしたんじゃないんだろう。

きっとこの人は、なぜ遭難《そうなん》したか、どうやって脱出《だっしゅつ》したか、ということより、その間、自分の頭の中に、王子さまがずっといたということを書きたかったんだろう。

そう感じるのも、最初に出てくるウワバミの話と、なんだか似《に》ているからだ。

「ぼく」は子どものころに、ゾウをのみこんだウワバミ、つまり、でかいヘビみたいなものだろうと思うが、その絵を描《か》く。でもみんなは帽子《ぼうし》の絵だとしか思わない。見かけはたしかに帽子《ぼうし》みたいに見えるが、その中にはのみこまれたゾウがいるのだ。

——どうやらものわかりのよさそうな人に出くわすと、ぼくは、いつも手もとに持っている第一号の絵を、その人に見せました。ほんとうにもののわかる人かどうか、知りたかったのです。ところが、その人の返事は、いつも、〈そいつぁ、ぼうしだ〉でした。そこで、ぼくは、ウワバミの話も、原始林の話も、星の話もやめにして、その人のわかりそうなことに話をかえました。

——すると、そのおとなは、〈こいつぁ、ものわかりのよい人間だ〉といって、たいそう満足するのでした。

つまり、「ぼく」は、外側でなくて、中身の話をしたかった。でもわかってもらえないから、しかたなく外側の話をしていたのだ。

これは、ぼくにも身に覚えのある感覚だ。

ぼくは幼稚園《ようちえん》のときから、飛行機マニアだった。小さい子は、相手かまわず、自分の興味《きょうみ》のある話を一方的にする。ぼくももちろん、だれに対しても飛行機の話をしていた。でも、だんだんわかってきた。そんな話、たいていの人は、聞きたくないんだ。それで、今は、友だちに、自分が本当にしたい飛行機の話をするかわりに、テレビの番組の話や、サッカーの話、人気のあるマンガの話をしたりしている。

そのたびに、大きくなるということは、小さいころから変わらないやわらかい部分の外側に、殻《から》を一枚《いちまい》、二枚《にまい》と、かぶっていくことなんだろうな、なんて思っていたのだった。

サン＝テグジュペリにとっても、遭難《そうなん》はもちろん大事件《だいじけん》だったはずだけれど、そのくわしい事情《じじょう》は外側にすぎなくて、中身のだいじなことは、遭難《そうなん》した間じゅう、頭の中にいた王子さまだったのだ。

そんなことを考えているうちに、ふと、サン＝テグジュペリの一番したかった中身の話は、いったいなんだったんだろう、と思った。

そうしたら、もう一度、『星の王子さま』を、始めから読む気になった。

図鑑《ずかん》や、プラモデルの作り方、飛行機の解説《かいせつ》以外の本で、一冊《いっさつ》の本を三回も読みなおすなんて、ぼくには生まれて初めてのことだった。

三度目は、前の二回とはまたちがった読み方になった。

本を開いたとたん、こんな言葉が、ぱっと目に飛びこんできたのだ。

――たいせつなことはね、目に見えないんだよ……

この行は、前に読んでいたはずなのに、今はじめて見たような気がした。読みとばしていたんだろうか。

それにしても、いったい、どういう意味だろう。

ぼくはそのなぞのような言葉を追いかけて、ページをめくった。

これは王子さまがいなくなる前に口にした言葉だった。でも、前のところにもどって読みなおすと、それはキツネが王子さまに教えたことでもあった。

キツネは、

――心で見なくちゃ、ものごとはよく見えないってことさ。かんじんなことは、目に見えないんだよ
と言い、それから、こうも言うのだ。

――あんたが、あんたのバラの花をとてもたいせつに思ってるのはね、そのバ

ラの花のために、ひまつぶししたからだよ
よくわからないが、どうも、「たいせつなこと」は、バラの花に関係があるみたいだった。

それでぼくは、今度は、バラの花について書いてあるところを、探《さが》しながら、読んでいった。

そもそも王子さまは、自分の星に一本のバラの花を残してきたのだった。だが、その花は自分の美しさを鼻にかけて、王子さまを苦しめていた。言うことが気まぐれだし、神経質《しんけいしつ》で、ずるかったのだ。

王子さまは自分の星をはなれて地球に来てから、一つの庭に行った。その庭には、星に残してきたバラとそっくりなバラが、五千本も咲《さ》いていたのだ。

王子さまはびっくりする。だって、星に残してきたバラは、自分のような花は世界のどこにもない、と言っていたのに。王子さまはこの世にたった一つという、めずらしいバラの花を持っているつもりだったのに。それが五千もあったなんて。ありふれた花だったなんて。

王子さまは、そう考えて、いったんはがっかりする。

そりゃそうだろう。

気持ちは、すごくよくわかる。

もし自分が持《も》ってるプラモデルが、レアものだよ、って言われて、ケースに入れて、ほこりもつかないようにして、いっしょうけんめいだいじにしていたのに、ある日、とつぜん、それがどこにでも売ってるふつうのやつだってわかったら、ぼくだってすごくがっかりするだろう。

でも、王子さまは考えを変えるのだ。

キツネが、こう言ったからだ。

キツネにとって王子さまは、ほかの十万もの男の子と同じだけれど、王子さまがキツネを〈飼《か》いならす〉、つまりこれはキツネの言い方では「仲よくなる」って意味だけれど、飼《か》いならしたあとだったら、王子さまはキツネにとって、この世でたったひとりの人になるし、キツネは王子さまにとってかけがえのないものになるんだ、と。

それで王子さまにはわかったのだ。自分のバラは、たしかにたくさんの花と同じようだけれど、ほかの花とはちがうということが。

そして、前に自分の星にいたときのことを思いだして、

――あの花のいうことなんか、とりあげずに、することで品定《しなさだ》めしなけりゃあ、いけなかったんだ。

――根は、やさしいんだということを、くみとらなけりゃいけなかったんだ。

と、思って、自分の星に帰ることにしたのだった。


言うことじゃなくて、することで判断《はんだん》する……。

根を、つまり、心の奥底《おくそこ》をくみとる……。

なぜなら、だいじなことは目に見えないから……。

心で見なくちゃ、よく見えないのだから……。

そこまで考えて、ぼくはなぜか、きのう、ぷんぷん怒《おこ》っていたすみれの顔を思いだした。

あのときぼくは、急に怒《おこ》られて、いやな気分だった。

というか、なぜ怒《おこ》られたのか、どうしたらいいか、わからなくてとまどった、というほうが当たっているかもしれない。

だから、おー、怖《こわ》い、だから女子ってきらいなんだ、女子にかかわるとろくなことないんだよー、とは思ったけれど、あいつはなんで怒《おこ》ったんだろう、とは、考えてもみなかった。

目に見えないところ、つまり、すみれの心の奥底《おくそこ》は、どうだったんだろう。

わざわざこの本を貸《か》してくれて、読んだ？　って聞いたっけ。

聞いたってことは、ひょっとしてあいつは、いっしょに本の中身の話がしたかったのかな。

それだったら、いきなり飛行機の型式が書いてなかったって文句《もんく》言ったぼくに、がっかりしたのかもしれない。

ちょっと悪かったなと思った。

もし、ぼくがなんで型式を知りたかったのか、ちゃんと説明してたら、もっといろんなことを、しゃべれていたかもしれなかったのに。

五　なかなおり

次の朝、ぼくが登校すると、すみれはもう来ていて、席に座《すわ》っていた。

「おはよう。本、ありがとう」

ぼくは自分から声をかけた。すみれはぼくの顔を見ずに、だまって受けとった。

「あのさ、全部で三回読んだんだ。毎回、ちがう感じだったから、びっくりした」

ぼくがそう言うと、すみれは、ぱっと顔をあげた。

「ほんと？　わたしも十回ぐらい読んだけど、いつもちがうって思ってた」

「うん。なんかさ、不思議だよね」

ぼくはそう答えながら、うれしかった。同じ本を何度も読んだという経験《けいけん》を、わかちあえる仲間がいた。そしてこれは、今、ぼくが心からしゃべりたいことだった。きのうの誤解《ごかい》はといておきたかった。どうやって説明しようか。考えながら、ぼくはゆっくり切りだした。

「でね、一つわかってほしいことが、あるんだけど……」

すみれは、なに？　という顔で、ぼくの顔をのぞきこんだ。

「飛行機の型式っていうのはね、設計《せっけい》のちがいなんだ。だから、外側じゃなくて中身なんだ。能力《のうりょく》とか、使い方に関係する、とってもだいじなこと」

すみれは、目を大きくした。

「そうなの？」

「そう。たとえばね、同じ飛行機でも性能《せいのう》のちがうエンジンを搭載《とうさい》したら、別の型式になるんだよ。見かけはいっしょでも、飛べる距離《きょり》とか、重さとか、消費する燃《ねん》料《りょう》の量が変わってくるでしょ」

「そうか、そんなこと考えてもみなかった……」

色なんかとはちがうんだ、と言おうかと思ったが、やめた。ひょっとして、色も、すみれにとっては、外側ではなくて中身かもしれないという考えが、頭にうかんだからだ。

そのかわり、ぼくはすみれの下じきの赤いコードロン・シムーンを指さした。

「ねえ、これ、プラモデルで作ってみたくない？　赤に塗《ぬ》って」

「うん、作りたい！　大空《おおぞら》くんの家で見せてもらってから、わたしもほしいなって思ってた」

すみれは、即座《そくざ》に答えた。

「でもどこで売ってるのか、なにを買ったらいいのか、どうやったら作れるのか、ぜーんぜん、わかんなかったんだ」

「じゃ、今度の日曜、いっしょにプラモデル屋さんに行こうか。ぼくももう一つ買うから、うちで作らない？　最初からいっしょに作ったら、どうやってやるのか、すぐわかるよ」

そういえば、小さいころ、初めてプラモデルを作ったときは、おとうさんと同じのをもう一つ買って、いっしょに作ったのだった。ニッパーでパーツを切りはなすところから、まったく同じようにして。

そうやって作れば、まずまちがうことはないし、人に作ってもらったのではなく、自分でやったという感じが得られて、楽しい。

ちらっと、すみれが来たら、おかあさんがまたさわぐかな、と思った。でもいいやという気がした。

「赤の塗料《とりょう》、用意しとくし」

この写真の色なら、真っ赤より、えんじに近い。ちょっと、茶を混《ま》ぜるか、と考えながら、ぼくは言った。きっと、そっくりにできるだろう。

「うん！　ありがとう、大空《おおぞら》くん」

すみれは、うれしそうに笑った。

ぼくもなんだかうれしくなって、ふふっと笑った。

この物語に登場する本

『星の王子さま』（岩波文庫）サン＝テグジュペリ作　内藤濯訳　岩波書店

参考文献

『海に消えた星の王子さま』
ジャック・プラデル／リュック・ヴァンレル著　神尾賢二訳　緑風出版

たそがれ時《どき》の魔《ま》法《ほう》

高《たか》田《だ》由《ゆ》紀《き》子《こ》

一

小六になって初めての委員会活動の日、図書室へ行くと司書の真紀《まき》先生がほほえみかけてくれた。

「葉月《はづき》さん、ひさしぶりだね。図書委員になってくれたんだ。よろしくね」

五年生の途中《とちゅう》まで図書室によく来ていたわたしは、クラスメイトや担任《たんにん》の先生より真紀《まき》先生の笑顔を見るとほっとした。

端《はし》の席に座《すわ》るとすぐに、坊主頭《ぼうずあたま》の男の子と、背《せ》が高くて大人っぽい雰囲気《ふんいき》の男の子が入ってきた。

えっ、透也《とうや》くん……？

胸《むね》がドキンとはねた。一度もクラスメイトになったことはないけど、毎年、運動会のリレーではアンカーで活躍《かつやく》していて、同じ学年の中で目立っている藤沢透也《ふじさわとうや》くんに、わたしはひそかにあこがれていた。

まさか図書委員会でいっしょになれるなんて。

「透也《とうや》、あれやってよ、あれ」

坊主頭《ぼうずあたま》の子に言われ、透也《とうや》くんはペンケースから青い鉛筆《えんぴつ》をとりだすと、指で回しはじめた。

うわ……すごい。

ただ一回転させるだけでも難《むずか》しそうなのに、長い指と指の間をぬうように鉛筆《えんぴつ》をからませたり、手の甲《こう》で回したりしている。

目をはなせずにいると、透也《とうや》くんがふいにこっちを向いた。さらりとした前髪《まえがみ》からのぞく切れ長の目が、わたしの目と合った。ドキッとした瞬間《しゅんかん》、透也《とうや》くんが手をすべらせ、鉛筆《えんぴつ》がわたしの足元に転がってきた。

わたしがあわてて鉛筆《えんぴつ》を拾うと、透也《とうや》くんが目の前に来た。

こんなに近づくなんて、初めてだ。全身が心臓《しんぞう》になったみたいにドキドキする。

青い鉛筆《えんぴつ》を、差しだされた大きな手にわたす。

「ありがとう」

透也《とうや》くんが、ぺこっと頭を下げた。

「う、ううん」

わっ……初めてしゃべれた！

委員会の時間が始まっても、透也《とうや》くんに視線《しせん》が向いてしまう。窓《まど》から入る午後の日差しで、広い背中《せなか》が明るく照らされる。委員会の活動中に、またしゃべるチャンスがあるかもしれない。そう思うと、体の温度がどんどん上がっていく気がする。

委員長も副委員長も、立候補《りっこうほ》する人がいなくてジャンケンで決まり、続けてどんな活動をしたいのかを話し合うことになった。

委員長になった岸本《きしもと》さんがはずかしそうに呼《よ》びかけても、だれも手を上げない。指名しても、「えー、思いつかない」とか「わかりません」という返事が続く。

さっと手を上げて、「図書委員がおすすめする本のポスターを作りたいです」と、はっきり意見を言うわたしの姿《すがた》を想像《そうぞう》する。

以前、そういうポスターがはられているのを見て、わたしも作ってみたいとひそかに思っていたのだ。

でも、現実《げんじつ》のわたしは、ひざの上に置いた手に力を入れただけ。

頭の中では言えるのに……と思っていると、岸本《きしもと》さんが小さな声で指名した。

「時村葉月《ときむらはづき》さんは、どうですか？」

「えっ、は、はいっ……」

声が裏《うら》がえってしまった。みんながいっせいにこっちを向く。

「あの、ポスター……図書委員がおすすめする本の……ポスターを作りたいです」

しどろもどろになりながら答える。想像《そうぞう》の中のわたしとはおおちがいだ。

「えーっ、めんどくさくね？」

「おすすめなんて、わかんないよね……」

図書室の中がざわめく。顔がカッと熱くなる。やっぱり言うんじゃなかった。

うつむくと、とつぜん低くて強い声がひびいた。

「さんせーい」

おそるおそる顔を上げると、透也《とうや》くんがひじを机《つくえ》につけたまま、手を上げているのが見えた。ざわざわが、ぴたっとやむ。

うそ……。

そのあと、とくにほかの意見も出ず、すんなりとわたしの案に決まった。

二人一組でポスターを一枚《いちまい》作ることになり、くじびきで、わたしは透也《とうや》くんとペアを組むことになった。すごくうれしいはずなのに、ちょっと複雑《ふくざつ》な気持ちになる。

透也《とうや》くんって、やっぱりすごいんだ。わたしとは……世界がちがう。

いつも光が当たっているところにいる人っていう感じがする。

そんな透也《とうや》くんとペアだなんて、やっていけるんだろうか。

でも、さっきはフォローしてくれたし、もしかしたら透也《とうや》くんも本が好きなのかもしれない。

気をとりなおして、透也《とうや》くんの座《すわ》っている席に向かった。

「あ、あの、よろしく」

ドキドキしながら言うと、透也《とうや》くんは軽くあごをひくようにうなずき、つまらなそうにほおづえをついた。

あれ？　さっきまでと感じがちがうような。

「おすすめの本……どうする？」

思いきって聞いてみる。

「えーっと、時村《ときむら》……が決めていいよ」

初めて名前を呼《よ》ばれてドキッとしたけど、透也《とうや》くんはそっけなく言った。

「おれ、本、苦手だし。なんでもいいから」

えっ、そんな。さっきは賛成《さんせい》してくれたのに。

本……苦手だったんだ。

がっかりしてなにも言えずにいると、会話を聞いていた坊主頭《ぼうずあたま》の男の子が顔をのぞかせた。

「透也《とうや》、『さんせーい』とか言ってたくせに、おしつけちゃってんの？」

「あれは、みんながうるせーから、つい……」

「女子の前でかっこつけたってわけね？」

つっこまれると、透也《とうや》くんは「つけてねーし」と言って、ぷいっと横を向いた。

二

帰宅《きたく》して、自分の部屋に入ると、ふーっと息をはいた。

棚《たな》にならべた本をしばらく見つめる。

ひっこみじあんで口数の少ないわたしは、小さいころから本を読んですごすことが多かった。

主人公がわたしの言えないようなことをさけんだり、できないような体験をしたりするとスカッとして、物語の世界にずっといたくなった。

（おすすめの本、どれにしようかな。透也《とうや》くんはきっと、さがしてこないだろうし……）

ちゃんと、透也《とうや》くんも選んできて、って言えればよかったんだけど。

本の背《せ》を指でなぞっていくと、一冊《いっさつ》の文庫本のタイトルが目にとまった。

わたしが学校で一番つらかったときに出会った本だ。

男の子も女の子も興味《きょうみ》を持ってくれそうで、少しふしぎな物語……。

うん、これがいいかも！

本を棚《たな》からとりだす。

『コンビニたそがれ堂』

小さな鳥居《とりい》やふしぎな商品が置いてあるコンビニの店内と、銀色の髪《かみ》に金の瞳《ひとみ》のお兄さんが、表紙に描《えが》かれている。

顔を本に近づけると、深呼吸《しんこきゅう》するように、においをかいだ。

ほのかに本のもつ香《かお》りがして、気分がすーっと落ち着く。

「いらっしゃいませ、お客さま　さあ　なにを　お探しですか？」

ページをめくり、『コンビニたそがれ堂』のお兄さんのせりふをつぶやいてみる。

わたしは、本を読むと、すぐ夢中《むちゅう》になってしまう。いったん本の世界に入りこむと、人がまわりにいるときでも、気に入ったせりふや思ったことを口にしてしまうのだ。

五年生のときの、苦い記憶《きおく》がよみがえる。

そのクラスはハキハキしていて元気な子が多く、正反対のわたしはクラスになじめていなかった。

でも、朝読書の時間があるから、重い足を学校へ運ぶことができた。

その日、わたしは買ったばかりの新しい本を持っていった。席につくと、すぐに読みはじめる。

魔法《まほう》の世界に通じる庭の物語……。「カギを持たない者は、二度と元の世界にもどれない」かあ。あはは、この主人公、かっこつけてるわりにドジなんだ。あれ？カギをわすれたまま庭に入っちゃった。どうなっちゃうんだろう……？

「……村《むら》、時村《ときむら》、おーい、時村葉月《ときむらはづき》さーん！」

今、だれかわたしを呼《よ》んだ？

顔を上げると、先生が黒板の前から、わたしを見ていた。体育会系《たいいくかいけい》の男の先生で、いつも声が大きい。

「時村《ときむら》、今、本の世界に行ってなかったか？　こっちの世界では、出欠をとってるぞー」

うそっ。全然気がついてなかった！　みんなの視線《しせん》がつきささってくる。

「す、すみません……」

はずかしさで体がちぢむような気がした。あんなに大声で言わなくてもいいのに。

うつむいていると、となりの席の男の子が「先生、おれも、いつも無視《むし》されてまーす！」と手を上げた。

先生に負けないくらいの大声に、クラスのあちこちから笑い声が起きる。

いつも？　いつもわたし、みんなの声が聞こえてなかったの？

休み時間にトイレの個室《こしつ》の鍵《かぎ》をかけ、はーっとため息をつくと、あとから入ってきたクラスの女の子たちの声が聞こえてきた。

「時村《ときむら》さんてさー、本読んでるとき、まったく人の話、聞いてないよねー。ブツブツつぶやいたりして、気味わるくない？」

「えっ、あれ、わざと無視《むし》してんのかと思ってた」

無視《むし》なんてしていない。でも、やっぱり今までもこんなことがあったのに、気づいていなかったんだ。

手に汗《あせ》がじんわりとにじんでくる。

あやまらなきゃ。そう思ったけど、トイレの戸を開ける勇気は出なかった。

（もう、こんな失敗はしない）

そのとき、わたしは心にちかった。朝読書の時間は、自分の好きな本じゃなくて、あまりのめりこまない本を読むことにした。

休み時間や昼休みに読書をしたり、図書室に行ったりするのもやめた。

そんなわたしの変化に気づいた真紀《まき》先生がこっそりすすめてくれたのが『コンビニたそがれ堂』だった。

たそがれ……夕ぐれどきになるとあらわれるふしぎな魔法《まほう》のコンビニの物語。大事なさがしものがある人は、必ずここで見つけられるという。

傷《きず》つけたままお別れしてしまった女の子に会いたいと願う五年生の男の子や、ママに大事な人形をすてられた女の子、この世からいなくなる前に一度だけ人間になりたいと願うネコ……。

行きづまっている主人公たちは、そのコンビニの商品をきっかけにして、救われていく。あたたかい物語にわたしは勇気づけられ、すぐに文庫版《ぶんこばん》を買って本棚《ほんだな》にならべた。

この本を読んでから、たそがれ時に外を歩くときは、路地裏《ろじうら》をのぞいたりするようになった。今までなかった場所に、ふしぎなコンビニがあらわれるんじゃないかって。

もしあったら……わたしの失敗をなかったことにしてほしい。みんなの記憶《きおく》から消しさってほしい。でも、現実《げんじつ》には、そんなことは起こらないってわかってる。

だから、六年生になってからも本を好きなことはかくしつづけて、図書委員会はだれも希望しなかったから、しかたなく引き受けた感じをよそおった。

(だけど……やっぱり学校でも、もっと好きな本を読みたいな)

そう思いながら本棚《ほんだな》を見ていると、市の図書館で借りた本の返却《へんきゃく》期限《きげん》が今日だったのを思いだし、あわてて図書館用のバッグを手にとった。

三

新しい本を借りて図書館を出ようとすると、わたしの前を歩いていた背《せ》の高いおじさんが、とびらを開けたまま待っていてくれた。

ここのとびらは重くて、本をたくさん持っているときは背中《せなか》でおしているくらいだから、ありがたい。でも、そのおじさんはわたしの方に視線《しせん》を向けず、なにかをぼんやりと見ているような目をしていた。

おじぎをして、急いで外に出ようとしたとたん、思いきり転び、バッグに入れていた本が飛びだしてしまった。

「だいじょうぶ？」

いたみとショックで動けなくなったわたしに、おじさんがやさしく声をかけてきた。立ちあがると、おじさんはわたしが落とした本をさっと拾いあげ、表と裏《うら》をていねいに手ではらい、両手でわたしてくれた。

「あ、ありがとうございます」

もう、なんでわたしって、こんなにさえないんだろう。

思わずため息をつく。ひざもジンジンといたい。

おじさんは、「じゃあ、気をつけて」と言うと、図書館を出て、公園の中をゆっくりと歩いていった。

おじさんの背中《せなか》を見つめていると、公園の出口のところに、透也《とうや》くんがいることに気づいた。

透也《とうや》くんはポールに腰《こし》かけるようにして、少しうつむいていた。遊んでいる感じじゃない。

なにしてるんだろ……？

すると、透也《とうや》くんは顔を上げ、おじさんに近づいていって話しかけた。おじさんもなにか言ってうなずいている。

えっ、あのおじさんって透也《とうや》くんの知り合い？　もしかして……お父さん？

少し近づいて目をこらすと、透也《とうや》くんがこっちを見た。

一瞬《いっしゅん》、視線《しせん》が合った気がしたけど、透也《とうや》くんはすぐに顔をそらして、おじさんと

いっしょに、わたしの家とは反対の方向へさっていった。

次の委員会の日、わたしは、となりの席に座《すわ》った透也《とうや》くんに思いきって話しかけた。

「あの……この前、市立図書館の公園の前にいたよね？」

透也《とうや》くんは一瞬《いっしゅん》、間をおくと、するどい口調で返してきた。

「……え？　なんの話だよ」

それ以上聞くな、という雰囲気《ふんいき》を感じて、わたしは「あ、ううん。なんでもない」と首をふった。

委員会の始まりを告げるチャイムが鳴り、ポスターに使う画用紙や色鉛筆《いろえんぴつ》が配られた。

「えっと……おすすめの本、なにか見つかった？」

透也《とうや》くんは無言で首をふった。

「じゃあ、これにしようと思うんだけど」

『コンビニたそがれ堂』を見せると、透也《とうや》くんはすぐにうなずいた。

「それで、いいよ」

軽く返事をされて、さすがにムッときた。どうせ、めんどうくさいから早く決まればいいと思ってるんだろうけど、なんだか、わたしの本がバカにされてるみたい。

透也《とうや》くんみたいにスポーツができて、学校でも目立っていて、自分が思っていることをはっきり言えるような人には、本なんて必要ないのかもしれない。

でも、ポスターには「すすめた人」として透也《とうや》くんの名前も書くんだから、少しは読んでみてほしい。

「あの、ふ、藤沢《ふじさわ》くんも……この本、読んでみない？」

思いきって本を差しだした。心の中では透也《とうや》くんと呼《よ》んでるけど、実際には言えるわけない。藤沢《ふじさわ》くん、って呼《よ》ぶのすら声がふるえた。

透也《とうや》くんは表紙をじっとながめた。

「コンビニ……たそがれ堂？」

「ファンタジーなんだよ。大事なさがしものがある人だけがたどりつけるふしぎなコンビニのお話なんだ」

「ふーん」とつぶやくと、意外にも透也《とうや》くんは本を受けとって、ページをめくりはじめた。

「『そのコンビニには　この世《よ》で売っている　すべてのものが　ならんでいて　そうして　この世には売っていないはずの　ものまでが　なんでもそろっている　というのです』……?」

透也《とうや》くんが、プロローグを読みあげる。

「うん。この本の中に、お話が五つ入っていてね、人間になりたいネコや、こわれたテレビが主人公の話もあって、おもしろいよ」

「ネコや、テレビが?」

透也《とうや》くんは顔つきを変え、さらにページをめくろうとしたけれど、急に手を止めてパタッと本を閉《と》じた。

「やっぱいいや。そんなこと、現実《げんじつ》には起こるわけねーし」

そしてまた、鉛筆《えんぴつ》を回しはじめた。

興味《きょうみ》ありそうな感じだったのに……。なんだかおかしい。わざと本をさけているみたい。

ほかの子たちが作業を始める。わたしもまず絵を描《か》くことにした。

物語の中で人間に変身するネコの「あんず」を想像《そうぞう》しながら、画用紙に鉛筆《えんぴつ》をはしらせる。絵は苦手だけど、字だけじゃ目立たないからしかたない。

白い毛なみで、緑色の目で……。あれっ、なんかすごく「あんず」が丸くなっちゃった。

あせっていると、わたしの作業をチラチラ見ていた透也《とうや》くんがのぞきこんできた。

「それって……白いタヌキ？」

「タ、タヌキじゃないよ。ネコだよ」

透也《とうや》くんは、ふきだしそうになるのをこらえていた。

「おれ、絵の方は描《か》こうか？」

「えっ……ほんと？」

うれしくて声がうわずる。わたしは本を透也《とうや》くんに差しだした。

「じゃあ、この表紙をまねして描《か》いてくれる？」

「わかった。おれ、左側半分に絵を描《か》くから、時村《ときむら》は右側に文章書くことにする？」

「うん、そうしよう」

わたしが「あんず」の絵を消そうとすると、透也《とうや》くんが止めた。

「それはそのままでいいじゃん。せっかく描《か》いたんだし」

「う、うん」

透也《とうや》くんは、あっという間に、銀色の髪《かみ》のお兄さんの絵を描《か》いた。

「なんでコンビニの中に小さい鳥居《とりい》がいっぱいあるんだ？」

透也《とうや》くんは、つっこみを入れながら、棚《たな》に置かれている小さな森や、海の水が閉《と》じこめられたようなビンなども、本の表紙そっくりにさらさらと描《か》いていく。ポスターの中のコンビニは、透也《とうや》くんの描《か》いたふしぎな品物でいっぱいになった。

「すごい……！　上手だね」

透也《とうや》くんは鉛筆《えんぴつ》をくるっと回すと、「まあね～」と鼻をこすり、表紙をさらに見つめた。

「このコンビニ、変なモンばっか置いてあるんだな……」

ブツブツ言ってるけど、目をキラッとさせて色をぬりはじめた透也《とうや》くんの横顔を見ていたら、初めてこの本を読んだときのようにドキドキしてきた。

透也《とうや》くんが絵を描《か》きあげると、わたしはその横に、おすすめのキャッチコピーを書いた。

――大事なさがしものがある人は、読んでください。たそがれ時にあらわれる、魔法《まほう》のような奇跡《きせき》を起こしてくれるコンビニのお話です――

夢中《むちゅう》になって、続きの文章を書いていると、透也《とうや》くんが言った。

「時村《ときむら》って、本が好きなんだな」

「べ、べつに。そんなことないよ」

思わずうそをつくと、胸《むね》がチクッといたんだ。

最後にポスターのすみに、「すいせんした人：六年一組　藤沢透也　六年四組　時村葉月」と、それぞれ自分の名前を書く。絵にくらべて字は下手だったけど、透《と》也《や》くんは満足そうにうなずいた。

「うん、カンペキ」

完成したポスターを、階段《かいだん》の踊《おど》り場《ば》の掲示《けいじ》コーナーにはることになった。ほかのみんなが作ったポスターとならべても、やっぱり、透也《とうや》くんの絵はばつぐんに目立っている。

(だれか一人でもこのポスターを見て、『コンビニたそがれ堂』を読んでくれたらいいな)

じわっとうれしさがこみあげてきて、となりに立っている透也《とうや》くんを見たら、「おれたちのが一番よくね?」と言って、ニッと笑った。

四

それから踊《おど》り場《ば》を通るたびに、ソワソワするようになった。

ポスターをながめている子がいればば心がうきたち、素通《すどお》りされると思わず(足を止めて!)と念じてしまう。

そんなある日、下校の前に踊《おど》り場《ば》を通ると、ポスターに画びょうがさされているのが目に飛びこんできた。

「えっ……うそっ……」

透也《とうや》くんとわたしの作ったポスターの絵のところに、画びょうが二つもさしてあった。

ほかのポスターにも、いくつか画びょうがさしてある。

ひどい！　なんでこんなことするの？

がんばって、みんなが作ったのに。

ふるえる手で画びょうをぬき、あいた穴《あな》をふさぐようにそっとなでた。

心臓がドクドクと鳴り、体に力が入らなくなる。

下校するほかの子たちが、踊《おど》り場《ば》を通りすぎて階段《かいだん》を下りていくと、わたしはその場にしゃがみこんでしまった。

しばらくすると、聞きおぼえのある低い声が聞こえた。

「あれ？　時村《ときむら》？」

見あげると、透也《とうや》くんが立っていた。

「気分でも悪いのか？」

やさしい声を聞いて、ほっとしたけど、首をふることしかできない。

「どうしたんだよ」

透也《とうや》くんがわたしの顔をのぞきこんでくる。でも、のどの奥《おく》がつまったみたいに言葉が出てこない。

「あっ、もしかしてこれか？」

顔を上げると、透也《とうや》くんがポスターの穴《あな》の部分をにらんでいた。

「画びょうかよ。しょーもねえことすんなよなー」

透也《とうや》くんは、わざと明るい声で言ったあと、「あ、いいこと思いついた」と、指を鳴らした。

透也《とうや》くんについていくと、六年一組に入り、自分の机《つくえ》の引き出しから画用紙をとりだした。

「どうするの……？」

「まあ、見てな」

透也《とうや》くんは画用紙を小さな四角に切ると、端《はし》の方にだけのりをつけて、ポスターの穴《あな》の上にはった。めくると、コンビニのふしぎな品物が見えるしかけだった。

「これで、穴《あな》も消えたし、前より目立っていいんじゃやね？」

透也《とうや》くんはポスターができたときと同じように、ニッと笑った。

「うん……。いい！　すごくいい！」

もう一つの穴《あな》の上には、わたしがとびらを作って、はった。

とびらを開くと、魔女《まじょ》がかぶるような三角の帽子《ぼうし》が見え、ふしぎなコンビニっていう雰囲気《ふんいき》がますますただよってきた。

わたしは、ただショックを受けていただけで、こんなアイデア、思いつきもしなかった。

さっきまで暗い気持ちでながめていたポスターが、生まれ変わって光っているみたい。胸《むね》の奥《おく》が、ジンと熱くなる。

ポスターを踊《おど》り場《ば》にはりなおすと、透也《とうや》くんは、また小さなとびらを開けたり閉《し》めたりして、「うん、いいね。絶対《ぜったい》これ、のぞきたくなるよな」と、自画自賛《じがじさん》した。

校門から出ると、わたしは透也《とうや》くんに頭を下げた。

「今日は、本当にありがとう」

「いいって。おれだって、ポスターに穴《あな》あけられたまま転校するなんていやだったし」

透也《とうや》くんがさらっと言ったひとことに、帰ろうとしていた足が止まった。

「えっ、転校って?」

透也《とうや》くんは、逆《ぎゃく》におどろいたような顔でわたしを見た。

「あれ、知らなかった? おれ、運動会が終わったら転校するんだ。クラスではもう発表されてるんだけど」

転校? うそ……。

体が固まる。

「……まだ、六年生が始まったばかりなのに?」

「じいちゃんたちの住んでる田舎《いなか》の方に行くことになってさ。本当は春休みに引《ひ》っ越《こ》すって言われたんだけど、せめて最後の運動会まではこっちにいたいってお願いしたんだ」

そんな……運動会ってもう来週末だ。

どうして？　なんで、おじいさんの田舎《いなか》に？

透也《とうや》くんは、なにも言わなくなったわたしにとまどったようで、顔をのぞきこんできた。

「あのさ、前に市立図書館の公園の前にいたか、って聞いただろ」

「う、うん」

「あのとき……父さんをむかえに行ってたんだよ」

やっぱり、あれは透也《とうや》くんだったんだ。

「お父さんを……むかえに？」

「あの日、父さんがいつもより帰ってくるのが遅《おそ》くて、心配になってさ……」

透也《とうや》くんはうつむくと、ぼそっと言った。

「父さん、働きすぎて……心の病気になったんだ」

「心の……病気？」

思わず息をのむ。

「すぐなおると思ってたんだけど、どんどん悪くなって、仕事にも行けなくなって……」

透也《とうや》くんは、はきだすように言った。

「今は、本ばかり読んでる」

胸《むね》をドンとつかれたような気がして、ランドセルの持ち手をにぎりしめた。

「母さんは病院につきそったり、パートの時間をふやしたりして、大変なのに、父さんは、ずっと自分の部屋にいるか、図書館くらいしか外出できないんだ」

透也《とうや》くんは、顔を上げると遠くを見るような目をした。

「母さん、もう限界《げんかい》みたいでさ。だから、じいちゃんとばあちゃんの家の近くに引《ひ》っ越《こ》そうってことになったんだ」

透也《とうや》くんは、わたしをチラッと見た。

「ごめん。本当はおれも……本、好きだったんだ。小さいころから、父さんが読んでくれたり、表紙の絵をまねして、いっしょに描《か》いたりしてたこともあったし。でも、父さんがあんなふうになって、本のことを考えるのがいやになってさ……」

わたしは、『コンビニたそがれ堂』を透也《とうや》くんに見せたときのことを思い出してうなずいた。

あのとき、興味《きょうみ》を持ってくれた感じがしたのは、やっぱり気のせいじゃなかったんだ。

「おすすめの本……時村《ときむら》にまかせたくせに、そんなこと現実《げんじつ》には起こらないなんて言ってごめん。おれも、奇跡《きせき》が起きて、元気なころの父さんに、パッともどらないかな……なんて、何度も思ったから」

わたしも透也《とうや》くんの目を見つめると、思いきって口をひらいた。

「実は……わたしも本が大好きなんだ」

胸《むね》が苦しくて小さな声しか出せない。

「あの日、図書館を出るとき、藤沢《ふじさわ》くんのお父さんがとびらを開けてくれていたのに、わたし、転んでしまったの。そしたら、お父さんが本を拾ってくれたんだ」

「えっ、そうだったのか?」

「うん。汚《よご》れをはらって、すごくていねいにわたしてくれた。わたし……転んでショックだったけど、やさしくしてもらって、うれしかった」

「へえ……父さんが……。そっか……」

透也《とうや》くんは少しほっとしたような表情《ひょうじょう》をうかべた。

「あのさ、『実は』って言ってたけど、時村《ときむら》が本を好きなの、バレバレだったぞ」

「えっ、そ、そう……? っていうか、藤沢《ふじさわ》くんだって、バレバレだったよ」

二人で顔を見合わせて笑うと、透也《とうや》くんの表情《ひょうじょう》がふっと変わり、強いまなざしが風にふかれた水たまりのようにゆれた。

「母さんに、病気のことをいろいろ教えてもらって、今は父さんを見守るしかないってわかってるんだけどさ……。もうよくならないんじゃないかって、不安になったりするんだよな」

空が茜色《あかねいろ》に染《そ》まり、下を向いた透也《とうや》くんの顔に木の影《かげ》がさした。

「本当は、転校だってしたくねーし」

透也《とうや》くんは聞こえないくらいの声で言うと、足元の小石をけった。

「でも、今日、時村《ときむら》と話せてよかった。父さんのことも、教えてくれてありがとな」

透也《とうや》くんがいつもの笑顔にもどった。でも、わざと明るい声をしぼりだしているのが伝わってくる。

次の図書委員会は、運動会のあとだったはず。そのときは、もう透也《とうや》くんは引《ひ》っ越《こ》していて……二人で話せるのは、きっともうこれが最後だ。

どうしよう。

「あっ……そうだ」

わたしはとっさにランドセルを開けると、『コンビニたそがれ堂』を透也《とうや》くんに差しだした。

「藤沢《ふじさわ》くん……！　この本あげる。よかったら、読んでみて」

ほおが熱くなって、体じゅうがドキドキと脈打つ。

「えっ、そんな。なんで？　大事な本なんだろ」

「わたしは何回も読んだからだいじょうぶ。ちゃんと、覚えてるし」

言葉がわたしの中から勝手に飛びだしていく。

この本は、行きづまっていたわたしを勇気づけてくれた。だから……今度は透也《とうや》くんに持っていってほしい。

それに……つながっていたい。この本で。

「……じゃあ、ありがとう」

透也《とうや》くんは、はじめてしゃべったときのように、ぺこっと頭を下げると、大きな手で本を受けとった。

五

運動会が終わった。

透也《とうや》くんは、またリレーのアンカーだった。三位でバトンを受けたあと、二人を抜《ぬ》いて、ゴールテープを切った。透也《とうや》くんが一組の応援席《おうえんせき》に戻ると、ひときわ大きな歓声《かんせい》と拍手《はくしゅ》がわきおこった。クラスメイトと肩《かた》を抱《だ》きあっている透也《とうや》くんの姿《すがた》を、わたしは四組の応援席《おうえんせき》から、ただ見ていることしかできなかった。

運動会の振替休日《ふりかえきゅうじつ》が明け、教室へ向かう途中《とちゅう》、ポスターがはられている階段《かいだん》の踊《おど》り場《ば》で足を止めた。

透也《とうや》くんと作った小さなとびらを、そっとめくってみる。

楽しかったな……。

ひさしぶりに昼休みに図書室へ行くと、真紀《まき》先生が教えてくれた。

「ポスターをはってから『コンビニたそがれ堂』の貸《か》し出《だ》しが、一番のびてるよ」

ああ、透也《とうや》くんに教えたい。

でも、もう、透也《とうや》くんはいないんだ。

放課後、わたしはもう一度『コンビニたそがれ堂』のポスターの前に立った。

今までは、もし「たそがれ堂」があれば、本に夢中《むちゅう》になって、まわりのことに気づかなくなるわたしの失敗をすべて消してほしかった。でも、胸《むね》に穴《あな》があいたようなこの気持ちに比《くら》べれば、そんなのもう、どうでもいい。

今の願いはただ一つ。

「お願いします。もう一度、透也《とうや》くんに会わせてください――」

その願いを口にしたとたん、おさえていた思いが体の奥《おく》からこみあげてきた。

わたし――いったい、いつまでこんなことばかり続けてるの？

本が好きなのをかくして、言いたいことも言えずに、おびえてばかり。透也《とうや》くんの連絡先《れんらくさき》すら聞けなかった。こんなときにさえ、本のまねをして祈《いの》ることしかできないなんて……。

なさけなさ、くやしさが次から次へとこみあげてくる。目が熱くなり、涙《なみだ》があふれてきた。にぎやかだった校舎《こうしゃ》の中が静かになり、下校していくみんなの声や足音が小さくなっていく。

気がつくと、わたしは一人で階段《かいだん》に立ちつくしていた。涙《なみだ》がぽたぽたと、足元に落ちている。

もう、泣いたって、祈《いの》ったって、透也《とうや》くんには会えない。

なにか……今からでもできること、ないのかな。

涙《なみだ》を手の甲《こう》でぐいっとぬぐうと、昇降口《しょうこうぐち》に向かった。

スニーカーをはいて外に出ると、そこには透也《とうや》くんが立っていた。

「時村《ときむら》！」

えっ、どうして……？

おどろきで言葉が出ない。

本当に、透也《とうや》くん？　願いが……かなったの？

「よかった。見つかって」

透也《とうや》くんは、ふぅと息をついた。

「どうしたの？　もう引《ひ》っ越《こ》したんじゃ……」

「今日が最後だったんだよ。だから、時村《ときむら》に本を返そうと思ったのに、四組にいなかったから、さがしたんだぞ」

透也《とうや》くんはランドセルから紙のカバーがかけられた文庫本をとりだすと、わたしに差しだした。カバーをとると、表紙がツヤツヤの『コンビニたそがれ堂』だった。

表紙の絵が、コンビニの店内とお兄さんから、白いワンピースを着た女の子と白いネコに変わっている。このネコは「あんず」で、この女の子は……そう、きっと人間に変身した「あんず」にちがいない。

「もしかして、買ってくれたの？」

「うん。おれは時村《ときむら》にもらった本を持っておきたいから」

心臓《しんぞう》がトクンと鳴る。

「……ありがとう」

表紙を何度もなでた。まるで魔法《まほう》にかけられたような気がする。

「あのポスターをはってから、貸《か》し出《だ》し回数が一番のびてるって、真紀《まき》先生が言ってたよ」

「へえ〜やったな！　おれも、ちゃんと読んだよ」

「ほんと？」

「ポスターに時村《ときむら》が描《か》いてた白いタヌキの話、泣けたわー」

「ネ、ネコだよっ」

湿《しめ》り気《け》をおびた風がふき、グラウンドのいちょうの木が、さわさわとゆれた。

昼間は真っ青だった空の色が少しうすくなり、雲が流れていく。

「じゃあ、おれ行くよ」

透也《とうや》くんが手を上げて、歩きだした。

もらった本を持つ手が熱くなる。胸《むね》がおしつぶされるように苦しい。

わかってる。こんな魔法《まほう》みたいなことなんてもう起こらない。

いつも小さなことにウジウジして、奇跡《きせき》を祈《いの》ってばかりのわたしには、なんのチャンスもおとずれることはないだろう。

光の当たる場所にいる人とか、わたしとは世界がちがうとか決めつけて、自分が傷《きず》つくのをこわがっていただけのわたしには。

たとえ傷《きず》ついたって、自分の気持ちを伝える強さがほしい。

「たそがれ堂」が、背中《せなか》をおしてくれている気がする。

本は、逃《に》げ場所だけじゃなくて、いつもわたしに勇気をたくさんくれた。

ことわられても、思いが届《とど》かなくても、勇気だけは、きっと残る。

わたしの中に、残るはずだ。

「待って！」

振《ふ》りむいた透也《とうや》くんの顔を見ると、心臓《しんぞう》が破裂《はれつ》しそうにドキドキして、息が苦しくなった。

でも……もう、なにも言えずに祈《いの》っているだけなのはいやだ！

「連絡先《れんらくさき》……教えて！」

透也《とうや》くんは笑ってうなずくと、ランドセルから青い鉛筆《えんぴつ》とメモ帳をとりだした。

「おれ、まだ携帯《けいたい》持ってねえから」

そして鉛筆《えんぴつ》をくるっと指先で回すと、新しい住所を書きはじめた。

もらった本をぐっと胸《むね》に引きよせる。

「あ、あのっ……。手紙書いてもいいかな」

「へっ？　手紙？　なんか、時村《ときむら》らしいかも」

透也《とうや》くんは、くしゃっと笑うと、メモ帳を切りとってわたしてくれた。

「またな」

家に帰ると、透也《とうや》くんにもらった本と、連絡先《れんらくさき》のメモをかかえて、階段《かいだん》をかけあがった。

飛びこむように部屋に入る。ドアを閉《し》めると、声がもれた。

「言えた……！」

まだドキドキしていて、本の表紙に手のあとがつくくらい、体が熱くなっている。

——きっと、また会える。

わたしは、表紙をなでると、ずっとあいていた本棚《ほんだな》のすきまに、『コンビニたそがれ堂』をおさめた。

またな——。

透也《とうや》くんの声が耳によみがえり、わたしはもう一度、本を手にとった。

そして、今度は表紙が見えるように、そっと本棚《ほんだな》に立てかけた。

この物語に登場する本

『コンビニたそがれ堂』（ポプラ文庫ピュアフル）村山早紀著　ポプラ社

走《はし》っていくよ

松《ま》本《もと》聰《さと》美《み》

一

　学校の帰り、バス通りを早足で歩く。前を行くのは同じ六年一組の大月《おおつき》さんたち三人。キャッキャッと、ここまで笑い声が聞こえてくる。大月《おおつき》さんたちグループは、いつもパッと花が咲《さ》いたみたいに華《はな》やか。

「さよなら」

　わたしは、三人を追いこしていく。

（今日こそ真衣《まい》ちゃんからメールが届《とど》いているはず）

　真衣《まい》ちゃんとは幼稚園《ようちえん》のころから大の仲よし。でも夏休みが始まってすぐ、真衣《まい》ちゃんはお父さんの転勤《てんきん》で、イギリスに引《ひ》っ越《こ》してしまったんだ。二か月前のことだ。

　出発の日、真衣《まい》ちゃんはわたしの手をにぎっていった。

「メールやスカイプで、今まで通りおしゃべりできるよね」

　スカイプは時差があるから一回したきり。でもメールは、真衣《まい》ちゃんから毎日のようにきた。「さびしいよう，綾香《あやか》に会いたいよう」って。

だのに、もう十日もメールの返信がないのだ。

（どうしたんだろう。病気かもしれない……）

どんどん足がはやくなる。

「竹内《たけうち》さーん」

「竹内綾香《たけうちあやか》さーん」

後ろで声がした。ふりむくと、大月《おおつき》さんたち三人が走ってくる。大月《おおつき》さんのピンクのキュロットがひらひらゆれている。

大月《おおつき》さんは、わたしの前でトンと止まった。

「あたしたち明日、パピコの土曜セールに行くの。いっしょに行かない？」

「えっ、わたし？」

三人がそろってうなずいた。パピコは最近、駅前にできたファッションビル。おしゃれ大好きな三人が、わたしをさそうなんてふしぎ。わたしの髪《かみ》はずっとショートボブ。服はパンツにTシャツ、パーカーをはおるというのが定番なのに。

東《ひがし》さんがツインテールをなでながらいう。

「真衣《まい》ちゃんがいなくなって、竹内《たけうち》さん、ひとりでしょ。だからみんなでさそおうって」

「まじめな竹内《たけうち》さんと、あまえんぼ真衣《まい》ちゃん、いいコンビだったのにね」

そういったのは、いつもどこかにフリルのついた服を着ている松田《まつだ》さん。

大月《おおつき》さんが、みんなを見まわした。

「これで十月のバス遠足、ふたりずつすわれるね」

あ……そういうことか……と、思った。

「明日は、ママとおでかけするの。ごめんね」

気がついたらいっていた。

「じゃあ、しかたないね。またこんどね」

大月《おおつき》さんは明るい顔で手をふってくれた。わたしも手をふりかえして歩いていく。

(ひとりなんかじゃないのにな)

空を見あげて、遠くの真衣《まい》ちゃんに声をかけた。

（はなれてたって、つながってるのにね）


「ただいまー」

玄関《げんかん》ドアを開けると、

「おかえりー」

ママの声が聞こえた。

リビングをのぞいたら、ママがテーブルの上でパソコンを開いている。

「真衣《まい》ちゃんからメールきてた？」

「きてるみたいよ」

「わあっ、うれしい！　ねえ、いつ見られる？」

「これ、すぐに終わるから。そしたらね」

「オッケー」

わたしは二階の部屋にかけこんだ。机《つくえ》の横にランドセルをかける。

階段《かいだん》を走っておりて、リビングに入ると、ママはもう庭で花に水をあげていた。

わたしはわくわくする気持ちでマウスを動かした。メールの件名《けんめい》は〈元気？〉。いそいでクリックする。

――ハーイ、真衣《まい》だよ！

真衣《まい》ちゃんの顔が見えるみたい。

――夏休みにね、サマーキャンプに参加したの。三つもだよ。写真、添付《てんぷ》しまーす！

このあとキャンプの話がつづく。真衣《まい》ちゃんのはずんだ気持ちが伝わってくる。

添付《てんぷ》の写真を開いた。

髪《かみ》の色も肌《はだ》の色もちがう子たちと真衣《まい》ちゃんが顔をよせて笑っている。きゃあきゃあと声が聞こえてきそう。

わたしはメールをとじた。パソコンをシャットダウンする。

部屋にもどって、ベッドにねころがった。

（わたしのこと……なんにも書いてなかった……）

真衣《まい》ちゃんが、すうと遠くに行った気がする。

しばらくして、階下《した》からママの声がした。

「夕飯、〈マハラジャ〉へ、インドカレー食べに行こうか。パパ遅《おそ》いんだって」

「……うん……いいよ」

わたしは起きあがって、ポシェットを肩《かた》にかけた。真衣《まい》ちゃんとおそろいで買ったポシェット。玄関《げんかん》でスニーカーをはいた。真衣《まい》ちゃんが、かっこいいってほめてくれたスニーカー……。


〈マハラジャ〉は川ぞいの遊歩道を十分ほど行ったところにある。わたしとママはならんで歩いた。なにもしゃべらないわたしを、ママは変だなと思っているかもしれない。

ふいにママがいった。

「あんなに暑かったのに、ちゃーんと秋になってるね」

近くの草むらで虫が鳴いている
「季節はいつだって前に向かってる。前に向かうっていいよね。今までとちがう景色が見えてくるもの」

ママは、歌うようにつづける。

「後ろの景色はなつかしい。前の景色は、わくわくする――これ、どの本に書いてあったかなあ」

〈マハラジャ〉のオレンジ色の光が見えてきた。

ドアを開けると、店の中はインドカレーの香《かお》りでいっぱい。

わたしとママは、奥《おく》の二名席に案内された。前を見て、あっと思った。ちょっとはなれたテーブルに、大月《おおつき》さんたち家族がすわっている。大月《おおつき》さんがこっちを向いた。「あれえ!」って口の形をして、手をあげている。わたしもちょっと手をあげた。

焼きたてのナンをちぎって豆カレーをすくって食べる。辛《から》さで胸《むね》がホカホカしてきた。ぽろりと声が出た。

「真衣《まい》ちゃんね、サマーキャンプに行ってたんだって……楽しかったって……」

ママは、スプーンを持つ手を止めていった。

「病気じゃなくてよかったね」

「うん……」

わたしは、がんばってうなずいた。

大月《おおつき》さんがドアのほうへ行く。もう帰るみたい。

さっきママがいった言葉が思いうかんだ。

――後ろの景色はなつかしい。前の景色は、わくわくする――

思いきって立ちあがった。大月《おおつき》さんのところに歩いていく。

「明日、わたしも行っていい？」

「えっ、ほんと？」

うれしい――と大月《おおつき》さんが手をにぎってくれた。


待ち合わせはバス停に十時。五分前につくと、もうみんなそろっていた。

「竹内《たけうち》さん、来れてよかったね」

東《ひがし》さんと松田《まつだ》さんも喜んでくれた。

バスの中で四人、ひそひそしゃべって、くすくす笑った。「友だち」って感じが

した。

（前に進んだんだ、わたし）

バスが駅前についた。

パピコは大にぎわい。ショーウインドウのマネキンは、どれも秋色の洋服を着ている。ティーンズのお店に入ったとき、大月《おおつき》さんがワイン色のカットソーを、わたしの前にあてた。

「うわあ、よくにあう」

東《ひがし》さんが真っ白なベレー帽《ぼう》をわたしの頭に乗せてくれた。赤いエナメルのポシェットを肩《かた》にかけてくれたのは松田《まつだ》さん。

今まで着たことのない色、試したことのないファッション。わくわくした。でも、なんだか自分じゃないみたい。落ちつかない気分だった。

お昼は、ハンバーガー屋さんに入った。

食べおわると、大月《おおつき》さんが声をひそめていった。

「でさ。佐川《さがわ》さんのことなんだけど……」

佐川《さがわ》さん？――とつぜん出てきた名前に、ちょっとおどろいた。

佐川《さがわ》さんは、六月の初めに転校してきた子だ。髪《かみ》がベリーショートで、すっと背《せ》中《なか》をのばして歩く。「すてきな子」って、最初はみんなが話しかけたけれど、困《こま》ったような顔をするだけだった。それで、そのうちだれも近よらなくなった。休み時間はいつも窓辺《まどべ》で外を見ている。ときどき「あっ」て声をあげたり、ひとりごとをいっているみたい。このごろは、「変わった子」っていわれている。

大月《おおつき》さんたちが、顔をよせてしゃべっている。

「わたしね、また聞いちゃった。ミツルっていってるのを」

「ミツルって、男の子の名前でしょ」

「この前は、リュウジっていってたよ」

大月《おおつき》さんが、わたしに目を向けた。

「竹内《たけうち》さん、生活委員だよね」

今の話と、どう関係があるんだろ――と思ったけれど、こくりとうなずいた。

「佐川《さがわ》さんね、通学路じゃない道を通って帰ってるみたい。いけないことだよね」

「ほかの学校の子と遊んでいるのかも」

たしかに生活委員の掲示板《けいじばん》に、「登下校を安全に」というポスターがはってある。三人は、佐川《さがわ》さんに注意をしたほうがいい、そしてそれをするのは生活委員、わたしの役目だ、といった。

家に帰ると、ぐったりつかれていた。楽しかったはずなのに……。大月《おおつき》さんたちは、いじわるな子でも、いやな子でもないのに……。

二

月曜日。

わたしは佐川《さがわ》さんから少しはなれて校門を出た。

「まず、どこへなにをしに行っているのか知らなければ」、そう思ったからだ。

佐川《さがわ》さんははずむように歩いていく。青信号でバス通りをわたる。そのあと、通りにそって少し歩くと、すっと脇道《わきみち》に入った。鳳《おおとり》神社につづく道だ。この道は暗くなったらひとりで歩かないようにと、先生から注意されている。

胸《むね》がドキドキしてきた。

佐川《さがわ》さんは鳳《おおとり》神社の横の細い坂道をのぼっていく。高い木にはさまれたうす暗い道。

わたしは、この道を初めて歩く。

佐川《さがわ》さんは歩きなれているみたい。ぐいぐいと山道を行く。

(どこまで行くんだろう)

遅《おく》れないように必死に歩いていると、前が明るくなってきた。ざわざわと風がふいて、あたりがパッと広くなった。ついたところは小さな広場だった。石のベンチや、大きな切《き》り株《かぶ》のイスがある。人はだれもいない。

「なにかわたしに、用?」

ふいに声をかけられた。佐川《さがわ》さんがこっちを見ている。

「あ、あの、わたし……」

「知ってたよ。あと、つけてるの」

「そ、そうなの？」

「休み時間もそうじの時間も、ちらちらとわたしのこと見てたでしょ」

「そ、それは……」

どぎまぎするわたしのようすがおかしかったのかもしれない。佐川《さがわ》さんがクスッと笑った。

「ここね。西の空が、大きく見えるの」

佐川《さがわ》さんは、つらなった屋根《やね》の向こうを指さした。空が一面に広がっている。

「今ごろだと、五時すぎから、赤くなっていくよ」

「夕焼け見に来てるの？」

「夕焼けまではいられない。家の手伝いがあるから」

「じゃあ、なんで、ここに……」

佐川《さがわ》さんは、だまったまま西の空に目を向けている。わたしは佐川《さがわ》さんの背中《せなか》にいった。

「あの、わたし……生活委員だから、寄《よ》り道《みち》はいけないよって……」

「そうか。竹内《たけうち》さん、生活委員だものね。だからついてきたんだね」

「それだけじゃあ、ないけど……」

いいながら、なんでこんなに一生懸命《いっしょうけんめい》あとを追ってきたんだろう、って考えた。

「……佐川《さがわ》さんのこと……心配だったから……」

ぽつりと声が出た。

「えっ？」

佐川《さがわ》さんがふりかえった。

するすると風がふいてくる。しばらくして、佐川《さがわ》さんがいった。

「ここに来ると、ほっとするの。ミツルの声もゆっくり聞けるしね」

わたしは思わずまわりを見まわした。近くにだれか、かくれているんだろうか。

「ミツルは見えないよ。人間じゃないから」

「ええっ！」

「ミツルは、風なんだよ」

「か、風？」

引《ひ》っ越《こ》してすぐのころ、町を探検《たんけん》していてこの場所を見つけたって、佐川《さがわ》さんは教えてくれた。

「めったに人が来ないから、ミツルといろんなことが話せるの」

そういってから佐川《さがわ》さんは、わたしのほうへ顔を向けた。

「風と話をするなんて変な子って、今、竹内《たけうち》さん、思ったでしょ」

ううん――って、首を横にふれなかった。

「わたし、変な子って思われてていいの。だれも話しかけてこないでしょ。いろいろ聞かれるの、めんどうだもの」

佐川《さがわ》さんは、切《き》り株《かぶ》のそばによって、なでた。

「教室でしゃべらないぶん、ここでしゃべるんだよ。〈きりかぶさくぞう〉じいさんとも話すよ」

「〈きりかぶさくぞう〉じいさん？」

わたしは、切《き》り株《かぶ》をまじまじと見た。直径が一メートルほどもありそうな、大きな切《き》り株《かぶ》だ。

「そうだ、竹内《たけうち》さん。風が書いた詩、聞いてみる？」

「風が……詩を書く……？」

わたしはあっけにとられて、つったっていた。

佐川《さがわ》さんはランドセルを切《き》り株《かぶ》の上に置くと、中から一冊《いっさつ》の本を出した。胸《むね》の前で開いて、舞台《ぶたい》でお芝居《しばい》をする人みたいに声を出す。

「し」をかくひ

かぜみつる

ゆうべ
くりのきのとこ　とおったら、さ
みのむしのやつ　ないているのさ
こわいゆめ　みたのだって
まだちいさいし、な

むりないよ

おれ　あしたのぶんに　とっておいた
そよかぜをだして　ゆすってやった
みのむしのやつ　わらってねむったぜ

あんまり　かわいくて、さ
とうとう　そよかぜ　ぜんぶ
つかっちまって、さ
だから　おれ　きょう　おやすみ
ひまだから「し」かいてるの

〈かぜみつる〉の詩はここで終わった。

「どうだった？　竹内《たけうち》さん」

「ど、どうって……」

佐川《さがわ》さんが、じっとわたしを見ている。

「ごめん……。詩は、教科書でしか読んだことがないから……」

そのあと、いそいでつけくわえた。

「物語の本を読むのは好きなんだけど……」

「じゃあ、詩集も一度読んでみて。詩ってね、読んだあと、体の中が動くの。きゅーっと胸《むね》がよじれたり、ぽおっとおなかがあったかくなったり、ふわりと体がうきあがりそうになったり……」

教室でだまっている佐川《さがわ》さんが、次つぎにしゃべる。

「詩って、人によってぴったり合うのと、そうでないのがあると思うの。詩って〈心の鍵《かぎ》〉だなって、わたし思うんだ」

「心の鍵《かぎ》?」

「そう。その人の心の鍵穴《かぎあな》にぴったり合うと、キーッと心が開いていくの」

そういってから、佐川《さがわ》さんは首をかしげた。

「キーッとじゃないかもしれない……ぱあーっと開く……うん、このほうが、ぴったり！」

佐川《さがわ》さんの目が、キラキラしている。

「そうだ」

佐川《さがわ》さんは持っている本をわたしの前に出した。

「竹内《たけうち》さんも、これ、読んでみない？」

文庫本ぐらいの大きさの本だった。

『ポケットのはらうた』とタイトルがついている。表紙にカマキリの絵がかいてある。

「これ、リュウジ。かっこいいんだよ」

リュウジ――大月《おおつき》さんたちがいっていた名前だ。

「この本には、野原にいるみんなが書いた詩がのっているの。今の〈かぜみつる〉みたいに、虫や木や花たちがどんなこと思っているか、わかるんだよ」

佐川《さがわ》さんは『ポケットのはらうた』を、ぐっとわたしに近づける。

「木とか草とか風が、今、どう思ってるかなって考えると楽しいよ」

わたしは、そろそろと本を受けとった。

佐川《さがわ》さんの顔がパッと明るくなった。

「あっ、見て！」

佐川《さがわ》さんが西の空を指さした。雲のはしがオレンジ色になっている。

「きれいでしょ。でも、もうわたし帰らなきゃあ」

佐川《さがわ》さんはなんだか残念そう。詩の話をもっとしたかったのかもしれない。

ふたりで山道をおりていく。

「わからないなと思う詩でも、十回は、読んでみて。あきらめないでね」

うん――わたしは小さく返事した。

バス通りで別れるとき、佐川《さがわ》さんはわたしと向きあって立った。

「詩って、長いお話を読む元気のないときでも読めるんだよ。だからね」

「だからね」って言葉に力が入っていた。どうしてだろ、って考えていたら、佐川《さがわ》さんは、つづけてこんなことをいった。

「明日も、尾行《びこう》してくれる？　そして、さっきのところで本を返して」

わたしは、うなずいた。

「じゃあ、明日ね」

佐川《さがわ》さんが帰っていく。わたしはしばらく佐川《さがわ》さんの後ろ姿《すがた》を見ていた。

（佐川《さがわ》さんって、ふしぎな人）

三

家に帰ると、ママは台所にいた。

真衣《まい》ちゃんから、メールきてた？――いつものように聞こうとして、気がついた。わたしはまだ真衣《まい》ちゃんに返信をしていない。

（もう少ししてから書こう。明るく書けるようになってから書こう）

二階の部屋に入って、佐川《さがわ》さんの本をランドセルから出した。ベッドにもたれて、ページをめくっていく。

目次に〈へびいちのすけ〉だの〈みのむしせつこ〉っていう名前がならんでいた。〈いしころかずお〉というのもあった。佐川《さがわ》さんがいったように、作者はみんな野原にいる草や虫、動物や自然のものだった。

〈きりかぶさくぞう〉という名前もあった。「あれっ」と、思った。

名前のついた大きな木――そんなお話をずっと前に読んだことがある。

本棚《ほんだな》の前に行った。背表紙《せびょうし》を順に見ていく。

動物や木を友だちにしている女の子の話だった。実話だと書いてあって、びっくりしたのをおぼえている。

「あった！　この絵本だ」

『オーパル　ひとりぼっち』――帯に、〈これは5歳《さい》の女の子の日記です。〉とある。

わたしは、本を最初から読みはじめた。

オーパルは継母《ままはは》に育てられている。本当の両親は死んでしまったのだ。いじめられて、つらくさびしい毎日。それをなぐさめてくれたのが、木や花や動物たちだった。

ページをめくっていく。

オーパルは、大きな木に〈ラファエル〉って名前をつけていた。

――たましいを　もっていて、あたしの　きもち　わかってくれるの。――

オーパルは悲しくなると、この木と話をする。

ふっと、山の広場で切《き》り株《かぶ》をなでた佐川《さがわ》さんを思いだした。

子牛の〈ブラウニング〉のところで、目が止まった。

お母さんからはなれてモーモー鳴く子牛がかわいそうで、オーパルはうでを首にまわしてあげる。

――かなしい　きもちに　なった　とき、そばに　ともだちが　いるのって、とってもいい　ものよね――

わたしは、ここをなんども読んだ。

四

次の日、放課後になるのが待ちどおしかった。『オーパル　ひとりぼっち』のことを早く佐川《さがわ》さんに話したかった。

中休みの時間、大月《おおつき》さんたちが「どうだった？」って聞いてきた。わたしは、「ちょっと、時間がかかりそう」なんて、意味不明な答えかたをした。でも三人は「がんばって」って、わたしの手をにぎってくれた。

放課後、校門を出て、佐川《さがわ》さんのあとを追っていく。山道に入ったところで、わたしは佐川《さがわ》さんに追いついた。

「わたしね、佐川《さがわ》さんみたいに、動物や木とお話しする子、知ってるの」

「えっ」

「オーパルっていうの」

わたしは、『オーパル　ひとりぼっち』の話をした。

「その子は、悲しいとき、木と話すのよ」

そういうと、佐川《さがわ》さんは、それにはなにもいわないで、

「きのうの本、読んだ？」

って、聞いてきた。

「読んだよ」

「好きな詩はあった？」

「好きかどうかは、わからないけど、かわいいな、と思うのや、へえ、そうなんだ
と、思うのはあったよ」

わたしは〈いけしずこ〉さんの詩のことを話した。

えがお

いけしずこ

うれしいことがあると
こころのなかに
さざなみが　ひろがります

さざなみは
　わたしの　えがおです

「わたし、これから池に波が立っていたら、ああ、池が笑ってる、うれしいことがあったんだなって、思えるよ」

「よかったあ」

佐川《さがわ》さんは、心の底からうれしそう。それからこういったんだ。

「あっ、竹内《たけうち》さんも、今、笑顔になってる」

わたしは、このときハッと気がついた。

(今まで感じられなかったことが、感じられる――心の鍵《かぎ》が開くって、こういうことなのかも)

胸《むね》の奥《おく》から、あったかいものがわきあがってくる。

山の広場についた。

佐川《さがわ》さんは、待ちかねたようにランドセルをベンチの上におろすと、

「今日は、別の本を持ってきたの」

中から一冊《いっさつ》の本をとりだした。そのとき、ランドセルにぶらさげているカードケースの写真が、ちらっと見えた。

「赤ちゃんだ」、思わず声が出た。

佐川《さがわ》さんは、そのカードケースをさっとランドセルの中に入れる。そして、なにもなかったように、「これも、詩集よ」といった。

本のタイトルは、『また すぐに会えるから』。

佐川《さがわ》さんは、わたしの体に手をそえて、西の空に向けて立たせた。

「いい？　読むからね。まっすぐ空を見て、聞いてて」

佐川《さがわ》さんの声が、後ろから聞こえてくる。「手を振《ふ》る」っていう詩だった。

――空を　かきまぜるほど　高く　高く　手を振ると　また すぐに会えるから――

そういう言葉から始まる詩だった。

「いっしょにやってみようか」

佐川《さがわ》さんがいった。

わたしたちは、西の空に向かってならんだ。そして、高く手をのばした。

詩にあったように、空をかきまぜるみたいに、ぐるぐるとうでをまわす。

ひとしきり手を振《ふ》ると、佐川《さがわ》さんがいった。

「イギリスは西の方向だから、竹内《たけうち》さんの気持ち、真衣《まい》ちゃんに届《とど》くよ」

「えっ」

思わず、佐川さんの顔を見た。

(佐川《さがわ》さん、わたしのこと、気にしててくれたんだ……。だからきのう、「だからね」っていって、詩をすすめてくれたんだ)

佐川《さがわ》さんがベンチにすわった。わたしもランドセルをおろして、そのとなりにすわった。

西の空にうすい雲が広がっている。

「わたしね、お父さんに手を振《ふ》ったんだよ。わたしが小さいときに死んじゃったから」

わたしは佐川《さがわ》さんを見た。佐川《さがわ》さんは、まっすぐ前を向いている。

「でも、ときどき夢《ゆめ》に出てきてくれるんだ。死んだ人は、西の空の向こうにいるんだって。だから、ここで手を振《ふ》るの。また夢《ゆめ》で会おうねって」

佐川《さがわ》さんは、ランドセルからさっきのカードケースをとりだした。

「これ、わたしの今の家族」

ケースの写真には、赤ちゃんをはさんで男の人と女の人、そして佐川《さがわ》さんが写っていた。

「妹だよ」

赤ちゃんに顔をよせるようにしているお母さん。ふたりに手をそえているお父さん。

「お母さん、佐川《さがわ》のおじさんと結婚《けっこん》したの」

佐川《さがわ》さんは、さらりといった。

わたしは、もう一度写真を見た。気のせいだろうか。佐川《さがわ》さんは、三人からちょっとはなれて立っているような気がする。まぶしそうに顔をしかめて、でもちゃんと笑っている。

「最初はとまどったけど、佐川《さがわ》のおじさんは、すごくやさしいの。赤ちゃんもかわいい。ギャーギャー泣くけどさ」

「たいへんだね」

そういったら、佐川《さがわ》さんがすばやくいった。

「さびしくなんてないよ。わたし平気なんだから」

わたしは、赤ちゃんが泣いてたいへんだね、っていったのに……。

佐川《さがわ》さんはわたしの前に『また　すぐに会えるから』を出した。

「竹内《たけうち》さん、この詩集、持ってかえる？」

「うん」

わたしはすぐに返事した。佐川《さがわ》さんが好きだという詩集を読んでみたい。

借りていた『ポケットのはらうた』を返そうとして、手を止めた。

「これも、借りていいかな？　もう一度、読みたいから」

「いいよ！」

佐川《さがわ》さんは、いきおいよく返事した。

気がついたら、西の空が赤くなっている。

「ああ、もう帰る時間になっちゃったね」

「竹内《たけうち》さん、生活委員だもの。ばれたら、まずいよ」

佐川《さがわ》さんが立ちあがった。

ふたりで坂道をおりていく。

帰り道、佐川《さがわ》さんは、自分からいろんなことを話してくれた。二冊《にさつ》の詩集は引《ひ》っ越《こ》す前、担任《たんにん》の先生がくれたんだって。それから詩を読むようになったんだって。

バス通りについた。

「じゃあね」

佐川《さがわ》さんが歩きだす。背中《せなか》をピンとのばして歩いていく。

五

夜、部屋で詩集『また すぐに会えるから』を開いた。

佐川《さがわ》さんは、「わたしを」っていう詩が好きなのかもしれない。しおりがはさんであった。

こんな詩だった。

わたしを

あなたの
描く　風景のなかに
わたしを　入れてください
あなたにだけ
わたしと　わかるように

それから
まっすぐな道を　描いてください

あなたが
絵筆《えふで》をおいて

わたしのところへ
走って来られるように

佐川《さがわ》さんは、お母さんに走ってきてほしいのかもしれない。わたしはだれに走ってきてほしいんだろう。真衣《まい》ちゃん？

――わからないときは、十回読んで――

佐川《さがわ》さんがそういったから、わたしはこの詩を十回読んだ。そしたら、ふっと思えたんだ。わたしは、向こうで「待っている人」じゃなくて、「走っていく人」なのかも……。

次の日、学校に行く道で、前を行く大月《おおつき》さんたちを見つけた。わたしは三人を追いかけて、話した。

「佐川《さがわ》さんのこと、わかったよ。山の上へ西の空を見に行ってたんだよ」

『ポケットのはらうた』のことをいって、ミツルは風で、リュウジはカマキリだって話した。

三人はいっしゅんポカンとして、それからいったんだ。

「佐川《さがわ》さんって、やっぱり、変わってるね」

「でも、風と話をするなんて、ちょっと楽しそう」

「そうだよね！」

三人は相変わらず、にぎやかで、楽しそう。

わたしは教室に入ると、席についている佐川《さがわ》さんのそばへ行った。

「ねえ、今日も、ふたりであそこへ行こうか」

佐川《さがわ》さんはびっくりした顔をした。クラスの子たちがこっちを見ている。わたしはつづけていった。

「家にランドセルを置いてから行こうよ。そしたら寄《よ》り道《みち》にならないでしょ」

佐川《さがわ》さんはふわりと、花が開くみたいに笑った。


家に帰って、真衣《まい》ちゃんにメールを打った。

——わたしね、こんど会ったとき、いっぱい話したいことあるよ。これからどんどんふえていくと思う。楽しみにしててね。

真衣《まい》ちゃんも、わたしに話すことをたくさんつくっていきそうだ。

——じゃあね。またね。

パソコンをシャットダウンした。

ふわりと風がふいてきた。

〈かぜみつる〉くんが耳もとでいっている。

(綾香《あやか》、早く行かなきゃ、あの子待ってるよ)

わたしはいそいでポシェットを肩《かた》にかけた。

「ママ、行ってきまーす」

お気に入りのスニーカーで走っていく。

詩集二冊《にさつ》を持って、佐川《さがわ》さんがいる山の広場へ、走っていく。

この物語に登場する本

『ポケットのはらうた』　くどうなおこ詩　ほてはまたかし画　童話屋
『また　すぐに会えるから』　はたちよしこ詩　大日本図書
『オーパル　ひとりぼっち』　オーパル・ウィットリー原作
ジェイン・ボルタン編　バーバラ・クーニー絵　やぎたよしこ訳　ほるぷ出版

ぬすまれた時間《じかん》と金色《きんいろ》のパン

工《く》藤《どう》純《じゅん》子《こ》

一

「ナイッシューッ！」

青空に、うおーっと歓声《かんせい》がわきあがった。

「やったぜ、和弥《かずや》、逆転《ぎゃくてん》だ！」

「よっしゃーーー！」

和弥《かずや》は、こぶしをにぎりしめ、ガッツポーズをした。

六年生になってはじめての試合で、シュートを決めたのがうれしくて、サッカーグラウンドを走りまわった。後半で同点に持ちこみ、ラスト数分で逆転《ぎゃくてん》のゴールを決めるのは最高の気分だ。

ピーッと笛が鳴り、チーム全員、空に向かってこぶしをつきあげた。

「じゃーなー」

地元のサッカーチーム、レッドフェニックスの仲間に手をふって、和弥《かずや》は家に向かった。応援《おうえん》に来ていた母さんが、「今日はごちそうにするね」と言って、先に帰ったから楽しみだ。

「あれ、卓《たく》？」

同じサッカーチームの卓《たく》が歩いていた。振《ふ》りむいたその手には、単語帳を持っている。

「よお、和弥《かずや》。試合、どうだった？」

卓《たく》は、当たり前のように聞いてきた。泥《どろ》だらけのユニフォームを見れば、試合の帰りだってことは、ひと目でわかるか……と思いながら、和弥《かずや》は親指をつきたてた。

「バッチリ勝った！　それよりおまえ、最近練習に来ないし、どうしたんだよ」

「ああ……」

卓《たく》は、少し気まずそうな顔をした。

「監督《かんとく》が、やめるなって言うから、名前は残しているけど……来年の二月まで練習に出られないから、やめたようなものかな」

「どうして？」

和弥《かずや》は眉《まゆ》をよせた。学校はちがうけど、同じ六年生だし、二年生のときからいっしょにがんばってきた仲間だ。卓《たく》がサッカーをやめるなんて信じられない。

「ごめん、言おうと思ってたんだけど……実は、中学受験をするから、塾《じゅく》に行く日を増《ふ》やしたんだ」

「受験？　サッカー、やめんの？」

和弥《かずや》は目をまたたいた。

「うん」

「マジで？」

「将来《しょうらい》のこと、ちゃんと考えろって、親もうるさいし」

「将来《しょうらい》？」

卓《たく》がそんな言葉を口にするのが不思議だった。

「このままサッカー続けても、先が見えてるし。和弥《かずや》だって、まさか本気でサッカー選手になれるなんて思ってないだろ？」

え……と、言葉につまった。

このあいだ、「将来《しょうらい》の夢《ゆめ》」という作文で、「サッカー選手になりたい」と書いたばかりだ。でも、それを言うと笑われそうだから、あいまいにうなずいた。

「和弥《かずや》は、受験しないの？」

「しないよ」

「どうして？」

そんなことを考えたこともなかった和弥《かずや》は、どうしてと言われても答えようがなかった。

「和弥《かずや》、算数が得意だって言ってたじゃん。六年生になったばかりだし、今からがんばれば、まだ間にあうと思うけど」

「まぁ、でも、オレは……」

あんなに仲がよかったのに、卓《たく》が知らないやつみたいに見える。

「卓《たく》は、将来《しょうらい》の夢《ゆめ》とかないの？」

和弥《かずや》は、うかがうように聞いた。

「夢《ゆめ》かー。夢《ゆめ》よりも現実《げんじつ》を見なくちゃな」

「現実《げんじつ》って？」

「だってさ、これから、AI《エーアイ》が人の仕事をどんどんやるようになるっていわれてるじゃないか。ってことは、仕事が少なくなるわけだから、それに備《そな》えておかないとって、父さんが」

卓《たく》って、こんなことを言うやつだったっけ。

冗談《じょうだん》だろって笑いたかったのに、顔が引きつった。

「あ、ヤバい、遅刻《ちこく》しちゃう。じゃあな」

そう言って、卓《たく》は単語帳を見ながら駅のほうに行ってしまった。

後ろ姿《すがた》を見送りながら、さっきまでほてっていた体が、すうっと冷めていった。

「オレ、中学受験、してみようかな……」

夕飯が終わって、和弥《かずや》はぼそっとつぶやいた。

卓《たく》に言われたことが、なんだか気になっていた。それに、和弥《かずや》が行く予定の公立中学のサッカー部は、人数が少ない弱小チームといわれている。だから、サッカー部が強い中学に行くというのも、アリかなと思ったのだ。

でも、きっと母さんは、「お金がかかるんでしょう?」と反対するに決まっている。父さんも「中学なんて、公立で十分だ」というタイプだ。

親に反対されれば、あきらめもつくだろうと、軽い気持ちだった。

「受験するの?」

テーブルの上を片《かた》づけながら、母さんがきょとんとした。

「本当に?」

「え、うん……」

勢《いきお》いに押《お》されてうなずくと、母さんは引き出しの中から、書類の束《たば》をごっそりと取り出してきた。

「ほらね、和弥《かずや》は、やるときはやるんだから」

父さんにほほえみながら、どうだと言わんばかりに、テーブルの上にドサッと置いた。ならべはじめたのは、進学塾《しんがくじゅく》のパンフレットだ。

「これって……」

「いつそんなことを言い出してもいいように、集めておいたのよ」

「う〜ん、まさか、和弥《かずや》から言ってくるとはなぁ」

父さんが、とまどったようにうなる。

「でも、やる気になるのはいいことだ。父さんたちは、和弥《かずや》がやりたいって言うなら、なんだって応援《おうえん》するからな」

いきなりプレッシャーをかけられた。本当は、まだ心の準備《じゅんび》なんてできてなかったのに……。

「お母さんたちのころとちがって、今は、中学受験なんてめずらしくないもんね」

「自分でやりたいって言ったんだから、しっかりやるんだぞ」

「う、うん」

返事をしながら、心の中がずっしりと重くなったような気がした。

二

塾《じゅく》に通いはじめた和弥《かずや》は、その忙《いそが》しさにおどろいた。

週に四日も授業《じゅぎょう》があるのに、毎回、宿題が出る。その上、クラス分けのテストも毎週あった。

塾《じゅく》の中には、同じ学校のやつもいたけれど、あまり話したことがない。みんな四年生か五年生から通っていて、すでに仲よくなっていた。

だから和弥《かずや》は、テキストを見るふりをして、みんなのおしゃべりを聞いていることが多い。

「大学付属《ふぞく》に行けば、もう受験しなくてすむから楽だよな」

「合格《ごうかく》したら、なんでも買ってくれるって言うからさぁ」

「友だちに、同じところを受けようって誘《さそ》われて」

受験の動機はさまざまだ。

和弥《かずや》はどこの中学を受けるか決めてなかったから、第一希望から第三希望まで、父さんと母さんが選んだ。和弥《かずや》の希望は「サッカー部が強いところ」だったけれど、「サッカー部があればいいんだろ？」と、なんとなくいいかげんな返事だった。

そんなことを考えていたら、先生がやってきて、すぐに授業《じゅぎょう》がはじまった。

教室がしんとして、和弥《かずや》もあわててノートを開く。

家に帰るのは、八時半くらい。それからご飯を食べて、学校の宿題をして、塾《じゅく》の宿題をして、お風呂《ふろ》に入ってから、また続きをやって。

こんなことで、いいのかな……。

ふいに疑問《ぎもん》が浮《う》かぶけれど、じっくり考えるひまなんてないほどへとへとで、机《つくえ》につっぷして寝《ね》ていることもあった。


それから一か月がたち、二か月がたった。

そんな状態《じょうたい》でも続けてこられたのは、サッカーのおかげだ。

監督《かんとく》に言って、土日だけ参加させてもらっている。試合のときは、応援《おうえん》するだけだからつまらないけれど、ふだん練習に参加できないから仕方ない。

サッカーをすると、頭がすっきりする。ただ、体のほうはつかれてしまって、宿題をしないまま眠《ねむ》りこんでしまうことがあった。

月曜日に塾《じゅく》に行くと、先生にねちねちと嫌味《いやみ》を言われた。

「宿題を忘《わす》れたって？　それでなくても遅《おく》れているのに、ずいぶんとよゆうじゃないか」

「サッカーが、なんの役に立つわけ？　何かをするためには、何かを我慢《がまん》しなくちゃダメだと思わない？」

そのときは「くっそ〜！」と思うけど、冷静になると、「そうかもしれない……」という気になる。

はじめのころは、「無理をしなくていいよ」なんて言ってた母さんも、このごろじゃ、「お金をかけたぶん、がんばらなくちゃね！」と言うようになった。父さんもたまに部屋に来て、「わからないところがあったら、教えるぞ」なんて声をかけてくる。

塾《じゅく》の費用や親の期待が、ますます肩《かた》にのしかかってきた。

和弥《かずや》は、ため息といっしょに、重い気持ちをのみこんだ。


その日も、ぎりぎりまで宿題をやってから家を出た。

テストの日だから、単語帳を片手《かたて》に歩く。せかせかと歩き、気持ちばかりがあせっていた。


「和弥《かずや》、どこに行くの？」

川ぞいの遊歩道で呼《よ》ばれて、顔を上げた。

「あ……」

幼稚園《ようちえん》のときから知っている、同じクラスの春香《はるか》だ。学校の帰りみたいで、まだランドセルを背《せ》おっている。

「これから、塾《じゅく》なんだ」

「塾《じゅく》？　何をするの？」

「勉強に決まってるだろ」

春香《はるか》は天然で、マイペースだ。おしゃべりにつきあっているひまはないから、わざとらしく時計を見た。

「そうだ、いいものがあるんだ」

そう言って、春香《はるか》は手さげかばんから、紙袋《かみぶくろ》を取り出した。

「何？」

和弥《かずや》は不機嫌《ふきげん》に聞いた。

「今ね、家庭科クラブで、本に登場するお菓子《かし》を毎週作ってるの。わたしのアイデアなんだよ」

春香《はるか》が、「じゃーん！」と紙袋《かみぶくろ》を開くと、甘《あま》い香《かお》りがした。

「これは、がまくんとかえるくんのシリーズの絵本に出てくるクッキー！」

なんだ、それ……。

和弥《かずや》は、紙袋《かみぶくろ》に手を入れて、クッキーを手に取った。かえるというより、つぶれたあひるみたいな顔だ。

そういえば幼稚園《ようちえん》のときも、春香《はるか》とおままごとをして、葉っぱや泥《どろ》で作ったお菓《か》子《し》を出されたなと思い出した。

「『ふたりはいっしょ』っていう作品にでてきたの。がまくんとかえるくんが、食べるのをやめられなくなるくらい、おいしいクッキーなんだよ。それって、どんなクッキーかなって思ったら、作りたくなっちゃって！　絵本を見せたら、みんな賛《さん》成《せい》してくれたんだ」

「へえ……」

春香《はるか》は、たまにおかしなことを言って、周りのみんなを巻《ま》きこんでしまう。小さいころも、「『オニごっこ』じゃなくて、『ゾンビオニ』をしない？」なんて、みんなが知らない遊びを提案《ていあん》した。

ふつうの『オニごっこ』は、オニが一人だけど、『ゾンビオニ』は、つかまるとオニがどんどん増《ふ》えていって、最後に残った一人がみんなに追いかけられる。

はじめは、変な遊びと思ったけれど、後になって、ふと気がついた。

春香《はるか》は、足が遅《おそ》くて、いつもオニになってばかりの子を気づかったんじゃないかなって。その証拠《しょうこ》に、『オニごっこ』でつまらなそうにしてた子が、『ゾンビオニ』では、見たこともないような笑顔ではしゃいでいたのを覚えている。

「ね、食べてみて」

春香《はるか》が身を乗り出してくるから、もう一度、時計を見た。

時間はないけれど、おなかはすいている。和弥《かずや》はクッキーを二枚《にまい》いっしょに口に入れながら、リュックから水筒《すいとう》を取り出して、ぐっと水で流しこんだ。

「どう？」

春香《はるか》が期待のこもった目で見つめてくるけれど、水で流しこんだから、味わうよゆうもなかった。

「悪い、急いでるんだ」

そう言うと、春香《はるか》はがっかりした顔をした。

あわてて、「じゃあ」と行こうとしたとき、「レッドフェニックス、学校の校庭で練習してたよ」と言われた。

春香《はるか》の弟の健斗《けんと》は、半年前にレッドフェニックスに入ってきた。だから春香《はるか》も、たまに試合の応援《おうえん》に来ている。

「サッカー、好きだったよね？」

大きな目でたずねられて、ドキッとした。

「今でも好きだ。サッカーがやりたいから……サッカーが強い中学に行くために、勉強してるんじゃないか」

言いわけがましい口調になる。どうしてこんなにムキになっているんだと、和弥《かずや》はそんな自分にもイラついた。

春香《はるか》は、何も言わない。和弥《かずや》の心の中を見透《みす》かすように、じっと見つめている。

それだけなのに、後ろめたいような気がしてくる。

「何かをするためには、何かを我慢《がまん》しなくちゃダメだろっ」

それは、いつも塾《じゅく》の先生が言っている言葉だと思い出し、さらに嫌《いや》な気分になった。

春香《はるか》といると、なぜか心をかきみだされる。もやもやと、霧《きり》に包まれたような気分になる。

もう行こうと背中《せなか》を向けようとしたとき、春香《はるか》が「待って」と言って、またかばんから何かを取り出した。

「これ、読んでみない？」

「は？」

それは、ぶあつい本だった。

「……オレ、本とか読まないから。そんな時間もないし」

自慢《じまん》じゃないけれど、小さいころに絵本を読んで以来、ほとんど本を読んだことがない。国語の教科書と、夏休みの感想文のために読んだ、サッカー選手の伝記くらいだ。ましてや、こんなぶあつい本……時間があっても読まないだろう。

「本を読めば勉強にもなるよ。それ以外にも、いろいろ教えてくれるし」

「……いろいろって？」

和弥《かずや》は、眉間《みけん》にしわをよせた。

「今の和弥《かずや》に必要なこと」

「何を言ってんだよ……」

わけがわからなくて、イライラする。でも、春香《はるか》のやることや言うことは、何か意味がありそうで、少しだけ気になった。

「本って、不思議なんだ。たまたま本屋さんで見つけたり、雨宿りに入った図書館で手に取ったり、友だちが貸《か》してくれたり……そんなふうに、偶然《ぐうぜん》手にした本って、そのときの自分に必要なことを教えてくれるの」

「オレ、別に必要なこととかないから」

顔をしかめてそう言っても、

「まーまー、返すのはいつでもいいから、ね！」

と、無理やり本を押《お》しつけて、春香《はるか》はひょいっと後ろに下がった。

「じゃあね！」

ひらひらと手をふって、走り去っていく。

「うわ、重いな、これ」

和弥《かずや》はそれを手早くリュックに入れると、駅に向かって走った。

塾《じゅく》から帰って、和弥《かずや》はベッドにばたっと倒《たお》れこんだ。

今日返ってきた、模擬《もぎ》テストの結果は散々だった。

つかれた……。

一ミリも動けないけれど、宿題をやらなくちゃ。

リュックをたぐりよせたとたん、ズザザッと、なだれみたいにテキストや参考書が流れ落ちた。

その中に、オレンジ色の本がまぎれている。古めかしい繊細《せんさい》な絵を見て、春香《はるか》が貸《か》してくれた本だと思い出した。

『モモ』と書かれている。これが題名？　モモって、果物？　何かの名前？

「おかしな本だな」

作者は、ミヒャエル・エンデという外国人。

これは、外国の話だろうか……いや、昔の話？　えっと、そうだ、こういう空想の話を、ファンタジーっていうんだっけ。

そんなことを考えていると、たまたま開いたページの文に、目が吸《す》いよせられた。

時間は貴重《きちょう》だ――むだにするな！

時は金なり――節約《せつやく》せよ！

息が止まった。

まるで、自分に向けられた言葉のような気がしたのだ。

なんて嫌《いや》な本なんだ、と思うと同時に、和弥《かずや》の中に興味《きょうみ》がわいた。

表紙の角は、すりきれて丸くなっているし、黄ばんだページは折り曲げられているから、春香《はるか》はきっと、この本を何度も読んだのだろうと想像《そうぞう》できた。

はじめのページをめくる。

モモという、おかしなかっこうをした、やせてちびの女の子が主人公だ。たったひとつの特技《とくぎ》は、人の話を聞くこと。

話を聞くこと？　そんなの特技《とくぎ》のうちに入らないだろうと、あきれる。

でも、書かれていることによると、「ほんとうに聞くことのできる人は、めったにいない」そうだ。

本を読むのは苦手だし、すごくつかれているのに、和弥《かずや》は次々とページをめくった。物語にぐいぐい引きこまれ、『モモ』の世界に入りこんだ。

ある都会の市街地に、灰色の男たち——時間どろぼうがやってきて、時間をぬすんでいく。

時間をぬすむなんておかしなことだけど、やつらにはそれができるんだ。

例えば、日常《にちじょう》の中のいろいろな時間を数字に置《お》きかえて、数十年で、数億秒という時間がむだになると計算する。その分を時間貯蓄銀行《じかんちょちくぎんこう》に預《あず》ければ、利子をつけて返すと言って、甘《あま》い言葉で誘惑《ゆうわく》する。

その結果、人々は自分の時間をどんどん預《あず》け、時間に追われるようになるのだ。

「和弥《かずや》ー、お風呂《ふろ》に入りなさい！」

母さんに呼《よ》ばれて、ハッと時計を見た。

わっ！　二時間もむだにした！

……むだ？　本を読んだ時間は、むだだったのか？

読みたかったわけじゃないから、むだだったのかもしれないけど……。

しおりのひもをはさんで、ぱたんと本を閉《と》じた。

三

雨が降《ふ》ったりやんだりして、はっきりしない天気が続いた。

塾《じゅく》に行くために駅に向かっていると、市民グラウンドに、レッドフェニックスの連中《れんちゅう》がいた。

今日は、ここで練習試合をしているのか。

塾《じゅく》の先生に「今のままじゃ、希望している中学は無理だ」と言われ、日曜の特別《とくべつ》授業《じゅぎょう》もはじめたから、土日のサッカー練習も行かなくなっていた。

監督《かんとく》には伝えてあるけれど、みんなには言ってないから、ついこそこそしてしまう。でも、やっぱり気になって横目でチラッと見ると、だれかがゴールに向かってつっぱしっていた。

それを見て、思わず大きな声で叫《さけ》んだ。

「そのまま行け、行け！　今だ、打てー！」

ザザッと、ボールがゴールに吸《す》いこまれる。

「やったー！」

ガッツポーズをして、チームのやつにハイタッチされているのは……春香《はるか》の弟？

健斗《けんと》は、ドリブルが苦手で、よくみんなからバカにされていたのに……。

わーっと盛《も》り上《あ》がるチームのみんなを見ていたら、和弥《かずや》は一人、取り残されているような気分になった。

「和弥《かずや》！」

バンッとリュックをたたかれて、目を丸くして振《ふ》りむいた。

「なんだ、春香《はるか》か」

まだ本を読み終えていない和弥《かずや》は、なんとなく春香《はるか》を避《さ》けていた。

「ねえ、健斗《けんと》が、今度の試合に出してもらえるんだって。それで、土曜日、和弥《かずや》に見にきてほしいって言ってたよ」

「え……なんで？」

「前に、健斗《けんと》が練習しているのを見て、ほめてくれたんでしょう？」

「そうだっけ」

「うん。『おまえ、えらいなぁ』って、言ってくれたって。あのとき健斗《けんと》、サッカーをやめようとしてたんだ。下手で、自信がなくて」

ああ……。

健斗《けんと》は、いつも早く来て練習しているし、熱心に質問《しつもん》してくる。そういうところが、えらいなって感じたことを思い出した。

「和弥《かずや》が気づいてくれたから、がんばれたって言ってた」

「たまたま、だよ」

そう言っても、春香《はるか》はまじめな顔で首をふった。

「和弥《かずや》の筆箱には、消しゴムが二個《にこ》入っているでしょう？　だれかに貸《か》すために」

いきなり言われて、和弥《かずや》は首をかしげた。

以前、となりに座《すわ》っていたやつが、しょっちゅう消しゴムを忘《わす》れてきた。いちち貸《か》すのが面倒《めんどう》で、いつのまにか、筆箱に二個《にこ》いれてくるようになっただけだ。

でも……それからも、忘《わす》れてきたやつや、なくしたやつに貸《か》すために、念のため、二個《にこ》いれてるけれど。どうして春香《はるか》が、そんなことを知っているんだろう。

「和弥《かずや》のそういうところ、すごいと思うし、好きだな」

は⁉

好きだって？

びっくりすることをさらりと言われて、和弥《かずや》の顔は真っ赤になった。

「じゃ、じゃあ」

駅に向かって、あわてて走り出す。ドッドッドッと、心臓《しんぞう》が激《はげ》しく鼓動《こどう》した。

オレって、そんなにすごいかな……と、口元がゆるみそうになって、ふと立ち止まる。

ちがう。オレがすごいわけじゃない。

春香《はるか》だ。オレは、春香《はるか》みたいになりたくて……。だれかのことを気にかけて、気づいてあげられるような人間になりたくて、春香《はるか》をマネしてただけなんだ。

塾《じゅく》に到着《とうちゃく》して席に座《すわ》ると、リュックから筆箱を取り出した。

今日もテストだ。

みんなうつむいて、元気がない。ぼんやりとした空気は、かすみがかかっているように見えた。

テストが配られ、「はじめ」の合図とともに、いっせいに鉛筆《えんぴつ》の音がさらさらと聞こえはじめる。鉛筆《えんぴつ》の先で、頭の中をひっかかれているように感じた。あせって、ぎゅっと目をつぶる。

ダメだ、はじめないと……。

筆箱を開けて、ハッとする。

消しゴムは、ひとつしか入っていなかった。


家に帰って、和弥《かずや》はベッドに寝《ね》ころがった。

大の字になった手の指先に、本がふれる。

毎日少しずつ読んでいる『モモ』をひきよせて、続きを読みはじめた。

「人間というものは、ひとりひとりがそれぞれのじぶんの時間を持っている。そしてこの時間は、ほんとうにじぶんのものであるあいだだけ、生きた時間でいられるのだよ。」

ずいぶん、難《むずか》しいことを言っている。いや、そんなことはないか。つまり、何に時間を使うのか、自分にとって何が大切かを考えるのが、生きるということなんだ。灰色《はいいろ》の男たちと戦い、みんなの時間を取りもどしたモモは、大好きな人たちと再会《さいかい》した。そして、たっぷりある時間の中で、その喜びを分かち合う。少し変わっているけれど、勇敢《ゆうかん》で、思いやりのあるモモに、春香《はるか》の姿《すがた》が重なった。

『モモ』を最後まで読み切ったとき、読んだ時間がむだだったなんて、もう思わなかった。

本を閉《と》じるのがさびしい……それは、生まれてはじめての感覚だ。

心にぽっかりと穴《あな》があいたように感じたけれど、その穴《あな》に、はちみつのようなとろりと温かいものが流れこみ、ふわっと埋《う》めてくれた気がする。

前より少しだけ強くなった心は、和弥《かずや》に勇気をあたえてくれるようだった。

四

青空が広がる土曜日、和弥《かずや》は試合を見にいった。

「健斗《けんと》ー！　走れー！　つっこめー！」

ひさしぶりに大声を出して、スカッとする。

三対二で、レッドフェニックスが勝った。チームのみんなは和弥《かずや》を見つけると、「どうしてたんだよ」「早くもどってこいよ」と、変わらない笑顔でもみくちゃにした。

さすがに反省会まで出るのは気がひけて、ひと足先に帰ることにした。

「和弥《かずや》～！」

春香《はるか》がかけてきて、橋の上で追いつかれた。好きと言われたことを思い出し、目を合わせられない。

「来てくれたんだね」

春香《はるか》のはずむような声に、和弥《かずや》は「まぁ」とうなずいた。

「オレ、わかったんだ。サッカーが好きなのに、サッカーをあきらめるなんて、おかしいなって」

「もしかして、受験をやめるの？」

問いかけられて、首をふった。

「いや、受験する学校を変えた。サッカーを続けても受験できそうで、サッカー部が強いところを、ちゃんと自分で調べたんだ」

なんとなく受験することにしたから、親にまかせっぱなしだったことに気がついた。大切なのは、自分がどうしたいか、なのに。

和弥《かずや》は顔を上げると、春香《はるか》の大きな目をまっすぐに見た。

「好きなことを我慢《がまん》して、がんばるっていうのもアリだと思うけど、オレはちがうってわかったから」

『モモ』を読んでいて、そう思った。今しかできないこともあって、それは決してむだじゃない。

「うん。夢見《ゆめみ》ることを忘《わす》れたら、さびしいもんね」

そう言ってにっこり笑う春香《はるか》は、やっぱりモモみたいだと思った。

「これ、ありがと」

オレンジ色のぶあつい本を差し出す。

「そうだ！　和弥《かずや》が来るだろうなと思って、昨日、家庭科クラブで焼いたパンを持ってきたんだよ」

試合の応援《おうえん》に行くなんて、ひと言も言わなかったのに。春香《はるか》の変わらないマイペースぶりに、和弥《かずや》は苦笑した。

でも、次の瞬間《しゅんかん》、春香《はるか》が取り出したパンに目をうばわれた。

「『モモ』の金色のパン！」

本の中で、モモが時間の国に行ったとき、焼きたての金褐色《きんかっしょく》の巻《ま》きパンを食べるシーンがある。それが、おいしそうでたまらなかったことを思い出した。何しろそのパンは、モモが今まで食べた、どのパンよりもおいしいと書かれていたのだ。

いったい、どんなパンなんだろうと想像《そうぞう》してみたけれど、わからなくて……。

「これ、イタリアの巻《ま》きパン、ボーヴォロっていうんだって。生地でバターを包みこんで、表面に水溶《みずと》き卵《たまご》をぬってね……」

そのパンは、和弥《かずや》のイメージにぴたりとはまった。夕日を受けて、つやつやとかがやいている。

「本当に、金色だ」

春香《はるか》からパンを受け取って、いっしょに食べた。

サクッとして、バターの香《かお》りがふんわりして、ほんのりと甘《あま》い。

ひと口食べて、思わず笑みがこぼれた。

「春香《はるか》……」

「ん？」

空の色と、パンの味。きれいなものやおいしいものを、だれかと分かち合う時間。

『モモ』の世界の人たちも、きっと、こんな大切な時間を見つけたにちがいない。

「『モモ』の感想なんだけど……」

春香《はるか》とおしゃべりする時間は、たっぷりとある。

そのことが、和弥《かずや》は何よりうれしかった。

この物語に登場する本

『モモ』　ミヒャエル・エンデ作　大島かおり訳　岩波書店

『ふたりは　いっしょ』　アーノルド・ローベル作　三木卓訳　文化出版局

森川成美（もりかわ・しげみ）

大分県出身。第18回小川未明文学賞優秀賞受賞。『マレスケの虹』（小峰書店）で、第43回日本児童文芸家協会賞受賞。「アサギをよぶ声」シリーズ、『ポーン・ロボット』（ともに偕成社）、『さよ　十二歳の刺客』（くもん出版）、『福島の花さかじいさん』（佼成出版社）、「なみきビブリオバトル・ストーリー」シリーズ（共著、さ・え・ら書房）ほか、著書多数。「季節風」同人。

高田由紀子（たかだ・ゆきこ）

新潟県佐渡市出身。『まんぷく寺でまってます』（ポプラ社）でデビュー。『君だけのシネマ』（PHP 研究所）で第5回児童ペン賞少年小説賞受賞。著書に『青いスタートライン』『ビター・ステップ』（ともにポプラ社）がある。日本児童文学者協会会員。「季節風」同人。

松本聰美（まつもと・さとみ）

兵庫県生まれ。作品に『アルルおばさんのすきなこと』（国土社）『声の出ないぼくとマリさんの一週間』『ん　ひらがな大へんしん』（共に汐文社）『ぼく、ちきゅうかんさつたい』『クルルちゃんとコロロちゃん』（共に出版ワークス）『わたしはだあれ』『パンダのあかちゃん　おっとっと』（共にKADOKAWA）『ぶぶるん　ふるふる』（ほるぷ出版）などがある。日本児童文学者協会会員。

工藤純子（くどう・じゅんこ）

東京都出身。『セカイの空がみえるまち』（講談社）で第3回児童ペン賞少年小説賞受賞。著書に『あした、また学校で』『となりの火星人』（以上、講談社）「恋する和パティシエール」シリーズ、「プティ・パティシエール」シリーズ、「ダンシング☆ハイ」シリーズ（以上、ポプラ社）などがある。日本児童文学者協会会員。「季節風」同人。

絵 吉田尚令（よしだ・ひさのり）

大阪府生まれ。絵本の作画を中心に活動 。『希望の牧場』（森絵都作、岩崎書店）で、IBBY オナーリスト賞を受賞。絵本作品に『悪い本』（宮部みゆき作、岩崎書店）『はるとあき』（斉藤倫・うきまる作、小学館）『星につたえて』『ふゆのはなさいた』（安東みきえ作、アリス館）、挿絵を手がけた作品に『雨ふる本屋』（日向理恵子作、童心社）など多数。

きみが、この本《ほん》、読《よ》んだなら
とまどう放課後《ほうかご》編《へん》

2020年3月　第1刷発行　　2024年9月　第3刷発行

作　者　森川成美　高田由紀子　松本聰美　工藤純子
画　家　吉田尚令
発行者　佐藤洋司
発行所　さ・え・ら書房
〒162-0842 東京都新宿区市谷砂土原町3－1
TEL 03-3268-4261　FAX 03-3268-4262
https://www.saela.co.jp/
印刷所　光陽メディア
製本所　東京美術紙工
Printed in Japan

ISBN978-4-378-01556-9　NDC913